AF140121

Marc Palmer

Teufel im Kopf

PSYCHOTHRILLER

Books on Demand, Bod.de

Impressum:

Deutsche Originalausgabe

Alle Rechte vorbehalten

Herausgeber, Herstellung und Verlag:
BoD - Books on Demand GmbH
In de Tarpen 32, 22848 Norderstedt
www.bod.de

ISBN: 978 – 3 – 7357 – 611 - 70
Nationaler und Internationaler Vertrieb:
Books on Demand GmbH

Deutsche Erstauflage: November 2014

Überarbeitete Auflage: Dezember 2014

Für die zu Unrecht Eingesperrten

Zum Autor:

„Marc Palmer", ist das Pseudonym eines Allgäuer Autors. Er hat in den letzten Jahren einige Sachbücher und drei Romane veröffentlicht. „Teufel im Kopf" ist sein dritter Thriller. Für 2015 sind zwei weitere Neuerscheinungen geplant. Die Nächste: „Der Fall KALINKA", nach einer wahren Begebenheit, ab voraussichtlich April 2014.

Vorwort:

Dieses Buch ist ein Roman. Handlungen und Personen sind frei erfunden. Ähnlichkeiten mit lebenden oder toten Personen sind rein zufällig.

Einige Schauplätze wurden aus dramaturgischen Gründen dazu erfunden oder geändert. Das gleiche gilt für einige Firmennamen, Personen in diversen Firmen und Kliniken.

PROLOG

Nikolaustag, 6. Dezember 2014.

Mein Name ist Peter Kelly und neben mir im Auto sitzt meine achtjährige Tochter. Ich wusste noch gar nicht, dass meine Sophie anhand der Sterne die Himmelsrichtung bestimmen konnte. Sophie hinterließ Nasenabdrücke auf dem Beifahrerfenster, während wir auf der Fahrt von Isny Richtung Bad Hindelang zum Weihnachtsmarkt waren. Sie zählte die Sternenbilder auf und murmelte: „Süden, Osten oder Norden", wenn ich abbog.

„Wo hast du das gelernt?", fragte ich sie.

„Wo hab ich was gelernt?"

„Na, die Sternenbilder."

„In Büchern."

„In welchen Büchern?"

„Einfach Bücher."

Ich wusste, dass ich von Sophie nicht mehr erfahren würde. Das lag daran, dass wir beide Vielleser sind. Nicht unbedingt aus reiner Leidenschaft, sondern weil wir nicht anders konnten. Wir waren von Natur aus Beobachter,

Deuter und Kritiker. Wir lasen nicht nur Bücher sondern auch Comics, Reiseprospekte, Wanderbücher, Zeitschriften, ja sogar Rezepte. Egal was, Hauptsache wir würden dadurch die Welt besser verstehen.

„Osten", sagte Sophie und presste wieder ihre Nase an die Scheibe. Beide spähten wir auf die weithin sichtbare, zauberhafte Beleuchtung des vielleicht schönsten Christkindlmarktes im Allgäu. Es war kurz vor achtzehn Uhr, und langsam wie bestellt, fielen leichte dicke Schneeflocken vom Himmel um dem Weihnachtsmarkt die richtige winterliche Atmosphäre zu verleihen. Nur wenige Meter vom Kurhaus entfernt, konnte ich meinen Ford Focus parken. Ich war wie jedes Jahr seit 2010, auf Sophies Wunsch hin, hierher gefahren. Aber nicht nur ihr, auch mir gefiel der besinnliche und hübsch dekorierte Markt, wie auch Zehntausenden von anderen Besuchern aus Nah und Fern. Es gab sogar Touristen, die jedes Jahr ihren Urlaub genau zum Zeitpunkt des Marktes hier verbrachten. Julia – Sophies Mutter, meine (Ex) Frau – ist zehn Monate nach Sophies Geburt gestorben. Seitdem ziehe ich die Kleine mit Hilfe meines Kindermädchens Alexa alleine auf. Wie alle kleinen Kinder liebte sie die Weihnachtsfiguren, die vielen Süßigkeiten, und natürlich auch den Nikolaus, der heute kam um die braven Kinder zu beschenken. Wir stiegen aus dem Auto aus und ich nahm Sophie an die Hand. Die Kleine sah mich erwartungsvoll aus ihren rehbraunen Augen an. Jetzt wo ihr Gesicht halb im Schatten lag, erkannte ich ihre Mutter darin. Von ihr waren auch ihre Freundlichkeit und Verletzlichkeit. Sie in ihren Zügen zu sehen, weckte das Gefühl in mir, jemanden zu vermissen, der noch immer da war, zumindest in meinem Herzen und Kopf.

„Papi, was ist los? Wollen wir nicht weitergehen?", fragte mein kleiner Schatz und riss mich aus meinen wehmütigen Gedanken, als ich sie solange anstarrte. Immer mehr Besucher strömten jetzt von allen Seiten auf den Weihnachtsmarkt. Dutzende von Bussen, aus ganz Süddeutschland, luden tausende von Besucher aus. Heute am Samstag war der vorletzte Tag. Ich zog Sophie die Kapuze hoch, dass ihre Pudelmütze nicht gleich nass war, da der Schneefall etwas stärker wurde. Dann gingen wir weiter und am Rundbogen vor dem Kurhaus zahlte ich für uns beide Eintritt. Der süße Duft gebrannter Mandeln sowie von Bratwurst und Pommes, erweckte unsere Hungergefühle. Sophie und ich hatten weitestgehend den gleichen Geschmack, weniger nach Lebkuchen oder Mandeln, sondern vielmehr auf Currywurst und Pommes mit reichlich Ketchup. Ich bestellte zwei normale Portionen, schließlich aß Sophie genauso viel wie ich, und musterte die herbeiströmenden Menschenmassen. Zu Weihnachtlichen Klängen, verschlangen wir wenige Minuten später unser Lieblingsgericht. Das sollte jetzt aber nicht heißen, dass es das fünfmal in der Woche bei uns daheim gab. Alexa war eine ausgezeichnete Köchin, die uns fast jeden Abend mit genügend Vitaminen und Ballaststoffen versorgte. Während ich uns noch an der Bude zwei Cola light besorgte, entdeckte ich drei Stände weiter, Monika Ehret, eine Kollegin die in dem gleichen Verlag arbeitete wie ich, bei den „Schwäbischen Nachrichten". Seit wenigen Wochen war sie aufgestiegen zur stellvertretenden Chefredakteurin, manch einer munkelte, sie hätte sich hoch geschlafen.

Zuzutrauen wär`s ihr, auch bei mir hatte sie nach dem Tode meiner Frau, diverse Annäherungsversuche gestartet. Sie war Mitte dreißig, vier Jahre jünger als ich und bereits zweimal geschieden. Das sagte fast alles, dachte ich mir, als sie mir mit einem Glühweinbecher zuprostete und lächelte. Sie war mit einer weiteren Frau hier, die ich noch nie zuvor gesehen hatte. Ich nickte ihr nur kurz zu, sonst würde sie womöglich noch unseren Platz ansteuern. Als wir unseren Hunger gestillt hatten, schlenderten wir weiter. Wir mussten uns Richtung Rathausplatz orientieren, da dort in zehn Minuten, die Geschenke verteilt wurden. An einem Krippenstand mit kunstvoll geschnitzten Figuren und Krippen blieb ich kurz stehen. Ich nahm einen schönen Engel in beide Hände und musterte ihn. Ich stellte ihn wieder ab und griff an die Innenseite meiner Jacke, um nachzusehen, wie viel Geld ich noch dabei hatte. Nachdem ich sah, dass es noch für mehrere Kostbarkeiten dieser Art reichen würde, wollte ich noch meine kleine Maus nach ihrer Meinung fragen. Ich blickte nach unten und bekam einen Schreck.

Sie war weg!

Ich schrie nach Sophie und drehte mich mehrfach um die eigene Achse. Außer den nassen Schneeflocken, die mir in die Augen flogen und grinsende   Leute die schon vom Glühwein angetrunken waren, sah ich nichts. Ich hatte sie keine zwei Minuten aus den Augen gelassen und jetzt war sie wie vom Erdbeben verschluckt. Trotz der Kälte wurde mir heiß und ich begann nervös zu zittern. Wo war sie, verdammt noch mal? Sie ging nie einfach weg wenn wir was unternahmen. Wie ein Irrer durchstreifte   ich den

Markt, fragte die Standbetreiber nach dem kleinen süßen Mädchen mit der pinkfarbenen Pudelmütze.

Nichts. Mein Blutdruck stieg in bedenkliche Höhen.

Als ich den Markt verließ, rempelte ich vor lauter Hektik noch eine Frau an, die daraufhin ihren Glühwein verschüttete. Ihr Freund beschimpfte mich wüst und drohte mir Schläge an. Dann war ich außerhalb der Menge und atmete erst einmal tief durch. Ich lief ohne Sinn und Verstand im Schneetreiben umher, als ich auf einmal eine Entdeckung machte. Vor mir auf dem Boden lag unverkennbar einer ihrer beiden roten Handschuhe. Ich erkannte sie sofort, da Sophie sie zum Geburtstag von ihrer Oma bekommen hatte. Wieder brüllte ich ihren Namen, vernahm aber nichts außer dem leicht pfeifenden Wind der mir die Flocken ins Gesicht peitschte. Hektisch lief ich weiter, bis ich Abdrücke von Spuren von ihr im Schnee sah. Hechelnd wie ein Hund trottete ich weiter Richtung Wald. Von einem Bauernhof aus, sah ich eine alte Frau die mich misstrauisch durch die Fenster beäugte. Als ich am Bauernhof vorbei war, wurde es immer dunkler und das Schneetreiben intensiver. Keuchend hielt ich kurz inne und stützte die Hände auf meine Knie. Panik befiel mich, und düstere Fantasien. Dann verlor ich ihre Spur vor einem Wiesenhang. Ich stapfte weiter bei beißender Kälte und benutzte die integrierte Taschenlampe meines Handys. Ich war jetzt ungefähr einen halben Kilometer außerhalb der Gemeinde, um mich herum eine gespenstische Stille. Der Halbmond verbreitete etwas Licht, sodass ich auf einmal einen Schatten wahrnahm, vielleicht dreißig Meter vor mir. „Sophie!", brüllte ich wie am Spieß. Aber das konnte unmöglich Sophie sein, der Schatten war riesig wie von einem Monster das über zwei Meter groß war. Dann sah ich einen zweiten kleineren Schatten mit einer pinkfarbenen Mütze auf dem Boden liegen. Sophie! Mein Gott, sie lag wie tot im Schnee und der große Schatten kam auf mich zu. Verzweifelt tastete ich meinen Körper ab, auf der Suche nach einer möglichen Waffe. Der Schatten wirkte übermächtig, bedrohlich. Der Mann verfügte bestimmt über Bärenkräfte. War es überhaupt ein Mann? Noch fünfzehn Meter Distanz zwischen uns.

„Wer sind Sie? Was wollen Sie von mir? Was haben Sie mit meiner Tochter gemacht?"

Außer dem Stapfen seiner Fußspuren vernahm ich keinen Laut. Verzweifelt sah ich auf den Boden auf der Suche nach einem Stein oder Holzprügel. Nichts, außer diesem verdammten Schnee, der mich immer mehr bezuckerte. Kurzzeitig hatte ich die Hoffnung, dass ich mich in einem Albtraum befand, aus dem ich jeden Moment aufwachten würde. Oder hatte ich nur den Verstand verloren, das würde erklären warum ich hier hinter etwas herjagte, was es vielleicht gar nicht gab?

Der Bauernhof!

Er war doch nicht weit weg von hier, höchstens dreihundert Meter. Ich musste fliehen und Hilfe holen, dem Ungetüm war ich wahrscheinlich nicht gewachsen. Aber wie gelähmt blieb ich stehen. Meine Beine wollten mir nicht mehr gehorchen, dass Unheil kam erbarmungslos näher. Noch fünf Meter. Dann gaben meine zitternden Beine nach, ich sank mit den Knien auf den Schnee, mit dem dringenden Bedürfnis jetzt zu beten. Aber das hatte schon bei dem Tod meiner Frau nichts geholfen, Gott ließ mich erneut im Stich. Da bekam ich eine Eingebung, eine Erkenntnis. Etwas, dass ich aber niemals würde beweisen können, wenn es mir überhaupt noch möglich war. Ich wusste jetzt, wer meine Tochter entführt hatte, wer mir das alles antat. Ich kannte seinen Namen. Aber meine Stimme versagte, nicht einmal meine Hände konnte ich mehr zum Gebet falten. Ich blickte flehentlich nach oben, sah in das Gesicht einer fürchterlichen Fratze. Nichts Menschliches mehr war in dem Antlitz zu erkennen. Aus der Stirn ragten spitze Hörner in die Luft. Die Gestalt mit der Teufelsfratze grinste mich höhnisch an, als sie ihre mächtigen Pranken hob, mit einer fürchterlichen Waffe in der Hand. Mein letzter Gedanke galt meiner verstorbenen Frau mit der ich vielleicht wieder vereint sein konnte, als die Sense auf mein Haupt hernieder sank.

1. Kapitel

Ostern 2010. Vier Jahre und acht Monate zuvor.

„Osterkarten!" Das war Sophie, meine vierjährige Tochter, die in mein Zimmer rannte und selbst bemalte Osterkarten auf mein Gesicht regnen ließ.

„Heute ist der Tag des Osterkorbes mit seinen Geschenken", antwortete ich und streichelte über ihr hellbraunes Haar.

„Wer ist dein Schatz Papi?"

„Das bist du und Mami."

„Aber Mami ist doch schon lange nicht mehr da?"

„Nur nicht mehr sichtbar Sophie, aber immer noch in meinem Herzen."

„Wirklich?"

„Auf jeden Fall."

„Und ist Alexa auch dein Schatz?"

Alexa war seit dem Tod meiner Frau unser Kindermädchen oder auch Mädchen für alles.

„Sie ist auch ein Schatz, aber nicht so wie du und Mami es gewesen ist."

Ich war froh, dass ihr die Antwort reichte. Tage wie diese, die unvermeidlichen kalendarischen Feste – Weihnachten, Ostern, Pfingsten, Muttertag - waren schlimmer als andere. Sie erinnerten mich immer daran, wie einsam ich war. Und wie diese Einsamkeit sich im Laufe der Zeit immer tiefer in meine Seele gegraben hatte. Eine Krankheit die zwar nicht akut war, sich aber noch verschlimmern konnte. Paul meinem besten Freund, hatte ich mich vor drei Jahren anvertraut. Er sagte, und meinte es bestimmt gut damit, ich sollte einen Therapeuten aufsuchen. In letzter Zeit hatte sich nämlich noch mehr verändert. Die Leere trat noch mehr als bisher zutage, das volle Gewicht, des Verlustes meiner geliebten Julia. Ich dachte, ich hätte in den vergangenen Jahren genug getrauert. Aber vielleicht begriff ich erst jetzt wie wertvoll sie für uns war. Womöglich kam die eigentliche Trauer aber erst noch. Sophie ist alles was ich habe. Nur sie hat mir geholfen zu überleben. Ich verbot mir zwar zu träumen, aber wie will man Albträume verhindern? Aber vielleicht war es auch ein Fehler, nicht wieder nach einer Frau zu schauen, sonst lebt man irgendwann gar nicht mehr. Auf Julias letzte Tage will ich hier jetzt nicht näher eingehen, aber ich gestehe jede Art von Fehlverhalten und falschen Einschätzungen. Aber ich werde nicht erzählen, wie es war, dem Leid meiner Frau zuzusehen. Zuzusehen wie sie gestorben ist. Eines möchte ich aber noch sagen: Sie zu verlieren hat mir die Augen geöffnet. Die vielen Stunden, die ich mich über enttäuschten Ehrgeiz, banalen Ärger bei der Arbeit und eventuellen Ungerechtigkeiten aufgeregt habe. Die ganzen vergeudeten Chancen, etwas zu verändern, oder zu erkennen, dass ich mich hätte ändern können. Als Julia starb war ich kurz zuvor zweiunddreißig geworden. Noch nicht einmal ein halbes Leben. Als sie mich verlassen hatte, wurde offensichtlich, wie vollkommen dieses Leben hätte sein können. Wie vollkommen es gewesen wäre, wenn ich es nur rechtzeitig erkannt hätte.

2. Kapitel

Jungholz/Tirol, Dezember 2010, kurz vor Weihnachten.

Norbert Bahrmann schmiss mehrere Scheitel Holz in seinen Kachelofen im Wohnzimmer. Ihm grauste schon vor dem bevorstehenden langen Winter hier auf 1000 Meter Meereshöhe. Oft lag hier der Schnee bis Ende April. Aber ohne den Schnee und den langen Skibetrieb wäre der kleine Tiroler 300-Seelen-Ort tot. Jetzt kurz vor Weihnachten waren die Nächte schon bis zu minus 15 Grad kalt, die Schneedecke war schon fast einen halben Meter hoch. Bahrmann war fünfundsechzig und wohnte mit seiner Partnerin Karin seit einem Jahr in dem kleinen Einfamilienhaus am Waldrand bei Jungholz-Habsbichl. Warum musste er auch vor eineinhalb Jahren hier ausgerechnet Skiurlaub machen und dann seine jetzige Lebensgefährtin kennenlernen? Nur wegen ihr kam er vom schönen Freiburg, auf seinen letzten Lebensabschnitt in die Allgäuer Alpen. Außer drei Banken, einem Skilift und acht Hotels war hier nicht allzu viel geboten, eigentlich gar nichts außer schöner Bergsicht. Nur seiner Karin zu Liebe war er in dieses Kaff gekommen. Bis vor einem Jahr war er noch Leiter der Bodenwaldschule in Titisee-Neustadt, einer Privatschule für schwer erziehbare Jungendliche. Sollte er es hier in der ländlichen Provinz aushalten, war im nächsten Frühjahr die Hochzeit geplant. Für beide wäre es die zweite Ehe. Seine zukünftige Frau war bei den Nachbarn am anderen Ortsende eingeladen. Er hatte heute keine Lust gehabt mitzugehen, und kümmerte sich um das Haus, dass seine Karin geerbt hatte. Morgen wollte er das erste Mal auf die Piste. Seit vier Stunden, und wahrscheinlich noch die ganze Nacht, liefen unentwegt die Schneekanonen. Morgen am Samstag war geplante Ski-Eröffnung in Jungholz. Bahrmann hörte das Knacken und Prasseln des Holzes, setzte sich zufrieden mit einem kühlen Bier vor den Kachelofen und schaltete den Fernseher ein. Es war kurz nach neunzehn Uhr, als er die Jalousien runterließ, und auf einmal einen Schatten draußen vorbeihuschen sah. Angestrengt sah er aus dem Fenster oder hatten ihm seine Nerven einen Streich gespielt? Vielleicht war es auch nur ein Fuchs, Rehe trauten sich nie so nah ans Haus, obwohl sie unmittelbar am Waldrand wohnten. Er presste sein Gesicht noch mal an die Scheibe und sah angestrengt ins Freie. Normal würde durch den installierten Bewegungs-melder das Außenlicht angehen, sollte jemand draußen stehen oder laufen. Er holte aus der Küche ein zwanzig

17

Zentimeter langes Fleischmesser und ging zur Haustür. Sollte seine Frau vorzeitig zurückkommen, würde er sie mit ihrem Fiat Punto hören. Bei der Gelegenheit könnte er noch einen Korb Holz mitnehmen aus der Garage, wo die linke Wandseite aufgestapelt war bis zur Decke. Es wehte ein leichter Wind und Flockenwirbel als er ins Freie trat. Auf einer Hangseite beim „Sorgschrofen" hörte er die Pistenraupen und Schneekanonen. Er steckte den Türschlüssel ein und zog die Eingangstür zu. Dann lief er zur großen Garage, die sich zehn Meter neben dem Haupthaus befand. Beim Anblick den er auf einmal auf dem zehn Zentimeter hohen Schnee sah, sträubten sich seine Nackenhaare und sein Puls schoss in die Höhe. Profilierte Schuhabdrücke eines ungewöhnlich großen Fußes. Instinktiv umklammerte er den Messergriff fester, sodass seine Knöchel weiß hervortraten. Die Abdrücke waren absolut frisch, sie konnten keine fünf Minuten alt sein, bei dem Schneetreiben seit einer Stunde. Er stapfte mit Größe 44 großen Thermostiefeln in die Spur, und sah aufgrund der Ausmaße, dass der Abdruck eine Schuhgröße zwischen 48 – 50 hatte. Dann riss er abrupt seinen Kopf herum als er den knirschenden Laut eines Schrittes vernahm. Was er sah, machte ihm Angst, große Angst. Keine fünf Meter entfernt, stand eine hünenhafte Gestalt vor ihm, bestimmt zwei Meter groß. Schwarz gekleidet, mit einer Kapuze über dem Kopf. Es sah aus, als sei das Gesicht im Schein der Beleuchtung, rötlich. Was ihm aber noch viel mehr Gänsehaut bereitete und seinen Körper zittern ließ, war das was der Mann in seinen Händen hielt. Ein Arbeitsgerät das vor vielen Jahrzehnten in der Landwirtschaft noch häufig eingesetzt wurde, jetzt eher seltener. Eine Sense!

„Was wollen Sie hier?", fragte Bahrmann und musste sich konzentrieren diese Worte überhaupt aus seiner trockenen Kehle hervorzubringen. Unbewusst ging er leicht rückwärts Richtung Hauseingang. Die Gestalt sah ihn nur an und schritt langsam auf ihn zu.

„Verdammt, was soll das?". Bahrmann hielt sein langes Messer vor seinen Körper. „Kommen Sie keinen Schritt näher!"

Unbeeindruckt von seinen Worten war der Hüne nur noch drei Meter vor ihm. Mit seinen eins fünfundsiebzig war Bahrmann um einen Kopf kleiner, sodass er zu dem Hünen hochsehen musste. Er versuchte ein letztes Mal seine Haut zu retten.

„Ich hab im Haus Geld und Schmuckstücke, Sie können alles mitnehmen." Kaum hatte er ausgesprochen passierte ihm ein Missgeschick. Er geriet ins strauchen und fiel auf den Hintern. Verzweifelt brüllte er in die kalte Nachtluft;

„H I L F E !"

Dann war der Mann über ihm, holte aus und schlug zu. Das letzte das Bahrmann sah, waren die Hörner der Gestalt der wie ein Teufel aussah, bevor die Sense seinen Kopf abtrennte.

Als eine halbe Stunde später, Karin Wiedemann ihren zukünftigen Mann suchte, bekam sie einen Schock, als sie den zugeschneiten, blutigen Kopf neben dem Garagentor liegen sah. Die noch offenen Augen des Schädels starrten sie wehklagend an, als begriffen sie immer noch nicht warum das geschehen war.

3. Kapitel

Gegenwart.

Das Haus in der Argenstrasse in Burkwang, hatten wir als frisch verheiratetes Ehepaar gekauft. Der kleine Weiler mit fünf Häusern, gehört zu Kleinhaslach, einem Ortsteil von Isny im Allgäu. Ich hatte mir die Anzahlung damals kaum leisten können, nur weil Julias Eltern einen stattlichen Betrag dazu sponserten, war eine Realisierung überhaupt möglich. Nach ihrem Tod kam ich nur deshalb über die Runden, weil wir nach den Flitterwochen eine Lebensversicherung auf Gegenseitigkeit über 200.000 Euro abgeschlossen hatten. Dadurch konnte ich mir ein Kindermädchen für Sophie leisten. Und ich wollte hier auch weiter wohnen bleiben. Zum Gewerbegebiet wie auch zur Stadtmitte war es nicht weit, und auch mit den Nachbarn hatten wir ein gutes Verhältnis. Sophie wurde entweder von mir oder Alexa zur Schule gefahren. Meinem Kindermädchen hatte ich den alten Golf meiner Frau zur Verfügung gestellt. Rein dienstlich versteht sich, an ihren freien Tagen blieb das Auto bei uns stehen. Ich selbst fuhr einen Ford Focus, knapp acht Jahre alt in Silber. Völlig ausreichend um damit tagtäglich meinen zwanzig Kilometer entfernten Arbeitsplatz in Leutkirch bei den „Schwäbischen

20

Nachrichten" anzusteuern. Leutkirch mit knapp zwanzigtausend Einwohnern, ist etwas größer als Isny und hat mehr Gewerbe und weniger Tourismus. Der Kurort Isny, lebt hauptsächlich von den vielen großen Reha – und Kurkliniken, die im Ortsteil Neutrauchburg für Belebung sorgen. Allerdings erlebte Isny in den letzten Jahrzehnten einen kleinen Bauboom. Immer mehr Bauprojekte und immer mehr Menschen die hier leben wollten, bis sich vor zehn Monaten immer mehr merkwürdige Zwischenfälle hier häuften. Immer mehr Angst-Geschichten von willkürlicher Gewalt machten die Runde, von Überfällen auf Privathäuser und auch von Einbrüchen hörte und las man viel. Die Spannung war inzwischen fast überall spürbar, eine Aggressivität aus unstillbaren Bedürfnissen war geboren. Gemeinsam war allen der Wunsch nach mehr. Aber das Wünschen hat auch dunkle Seiten, Menschen die zuvor Freunde waren, könnten zu Konkurrenten werden. Als ich meinen Focus an diesem Tag hundert Meter von unserem Verlagsgebäude entfernt abstellte, kam langsam die Sonne zum Vorschein. Dort hatte ich vor dreieinhalb Jahren angefangen, ein Jahr nachdem ich Julia kennenlernte. Ich wurde als stellvertretender Chef-Redakteur für ein monatlich erscheinendes Freizeitmagazin eingestellt. Zuvor war ich nach einem abgebrochenen Politik-Studium fast vier Jahre bei einem privaten Rundfunkhaus in Stuttgart als Nacht-Moderator tätig gewesen. Geboren bin ich in Biberach an der Riß, einer kleinen Stadt, zwanzig Kilometer von Ulm entfernt. Ich suchte mir deshalb im westlichen Allgäu einen Job, weil ich hier mit Julia eine Familie gründen wollte. Sie war gebürtig aus Isny, und wir lernten uns kennen, als ich selbst vier Wochen auf Reha war, in einer

Psychosomatischen Klinik in Neutrauchburg. Julia war dort als Krankenschwester tätig gewesen. Damals war ich noch voller Ehrgeiz und sah den Job bei den „Schwäbischen Nachrichten" nur als Sprungbrett zum Literaturkritiker. Ich wollte werden, wie der altehrwürdige Marcel Reich-Ranicki, der im Jahr 2013 verstarb. Mit gnadenlos hohen Ansprüchen, gestützt von der Überzeugung, dass all die Leuchten, die ich niedermachen würde, noch erkennen würden, dass ich sie zu Recht verrissen hatte. Aber dazu zählte nicht nur viel lesen und Jahrelange journalistische Arbeit, sondern was ganz Besonderes: Ein eigenes Buch schreiben! Oder besser gesagt, nicht nur eines schreiben, es müsste ein Bestseller werden. Das die, die man später kritisieren würde, erkennen, dass sie es nicht nur mit einem nörgelnden Kritiker zu tun haben, sondern mit einem erfolgreichen Besteller-Autor, der weiß was die Leute lesen wollen. Solange ich mich erinnern kann, hatte ich schon immer das Gefühl, dass etwas in mir schlummerte, das irgendwann einen Ausdruck finden würde. Wahrscheinlich hatte das alles mit meiner Kindheit zu tun, mit der Einsamkeit eines Einzelkindes, dessen einzige Freunde oft Bücher waren. Und mit den Wochenenden, an denen ich mich zu Hause verkroch, wie eine Katze zusammengerollt auf den sonnigen Flecken des Teppichs. Nie jedoch zweifelte ich daran, dass ich eines Tages ein großer Schriftsteller werden würde. Meine Horrorstorys und Krimis würden bestimmt ein Millionenpublikum finden. Ich akzeptierte, dass ich vielleicht nicht von Anfang an gut sein würde. Es gab schließlich auch Lektoren und Kritiker. Rückblickend wurde mir bewusst, dass die Idee vom Schreiben so etwas wie eine Religion für mich war. Totale

Hingabe und aufrichtige Offenbarung, und trotz der Gottlosigkeit nicht weniger heilig. Schließlich gab es die Aussicht auf Erlösung. Die Möglichkeit, eine Geschichte zu schaffen, die für mich sprach, die besser sein würde als ich. Zwingender, fantasievoller, geheimnisvoller.

So viel zu der Theorie und meinen Absichten.

Aber das Problem bisher war, es gab kein Buch von mir! In einer stillen Nische meiner Seele wartete ich immer noch. Auf den ersten Satz, auf den Einstieg. Aber es kam kein erster Satz. Und was machte ich? Ich bastelte jeden Monat an einem Freizeit-Magazin, wo mir gesagt wurde, wenn die Skiliftpreise sich verteuerten, wenn der Alp-Abtrieb war oder welche Radrunde die schönste im Allgäu sein sollte. Bestimmt keine üble Aufgabe, aber ich war zu höherem bestimmt. Nach meiner Hochzeit und der Geburt unserer Sophie, dachte ich nicht mehr so sehr an das Buch. Eher an meine Familie, Reisen, Haus und weitere Kinder. In meinem tiefsten Inneren kam aber dann doch wieder häufiger das Verlangen ein Buch zu schreiben. Auf den Titel, auf den ersten Satz, auf den ersehnten Einstieg. Aber es kam nichts davon, dafür kam Sophie. Ich war Anfang dreißig, Julia neunundzwanzig als es soweit war. Kurze Zeit verschwand die Sehnsucht nach einem Buch. Ich war verliebt – in meine Julia, in meine neugeborene Tochter, sogar in die Welt, die ich vorher nicht besonders gemocht habe. Ich hörte auf, mir den Kopf darüber zu zerbrechen über was ich schreiben sollte. Ich war zu beschäftigt mit Beruf, Familie und Glücklichsein. Dann die Tragik: Neun Monate nach Sophies Geburt war meine Julia –

Sophies Mutter – nicht mehr da. Vor Verzweiflung wollte ich mich umbringen, düstere Visionen überfielen mich, nur Sophie hielt mich am Leben. Sophie war zu jung, um zu verstehen, dass ihre Mutter fehlte. Erst als sie sprechen und lesen lernte, fragte sie immer häufiger danach. Warum andere Kinder eine Mutter hätten, aber sie „nur" einen Vater? Ich musste ihr immer wieder von ihr erzählen, bis mich die Gefühle übermannten und ich weinen musste. Aber ich wollte die Erinnerung für uns beide bewahren, auf Ewigkeit. Kurz darauf kehrte mein alter Glaube an das Buch wieder zurück. Ich begann, auf die Chance zu lauern, die eine wahre Geschichte zu erzählen, welche die Toten zurückbringen würde. Die Degradierung, Demütigungen und das Mobbing begannen, als ich nach dem unbezahlten Urlaub, den ich wegen dem Tod meiner Frau und Sophie genommen hatte, in die Firma zurückkehrte. Wir hatten einen neuen Verlagschef bekommen, der im Mittelalter lebte und nicht verstand, wie ein Mann alleine sein Baby aufziehen wollte. Dann wurde meine Position als Stellvertreter des Chefredakteurs einfach an eine neue Mitarbeiterin vergeben, die zuvor in der Anzeigenabteilung war. Mein Schwiegervater – Julias Vater – der mir näher stand als mein Eigener, kam auf tragische Weise bei einem Autounfall ums Leben. Ich bekam einen Nervenzusammenbruch und brauchte therapeutische Hilfe, bis ich mich wieder gefangen hatte. Gott sei Dank fand ich Alexa, die sich rührend um die Kleine kümmerte und mich wieder moralisch aufrichten konnte. Um es auf den Nenner zu bringen: Es kamen harte Zeiten auf mich zu. Die hinter mir liegenden Monate beruflichen Niedergangs hatten dazu geführt, dass ich mehr Zeit damit verbrachte auf dem Sessel meines Therapeuten zu verbringen. Glücklicherweise wirkte sich das nicht auf das Kind aus. Sophie war ein braves, kluges und folgsames Kind und war überall beliebt. Das Problem lag bei mir: Beinahe unbemerkt war mein Kindheitstraum zurückgekehrt, mein Buch. Wie ein irres Flüstern im Ohr, verfolgte es mich auch im Schlaf. Ein Fluch, ein Versprechen des Teufels. Eine Obsession, mit der Besessenheit, einen Bestseller zu landen, wenn ich nur die richtigen Wörter in die richtige Reihenfolge bringen könnte, dann ging es mir besser. Vielleicht konnte ich meine Sehnsucht bald in Kunst umwandeln.

4. Kapitel

Dezember 2010, kurz nach Weihnachten.

Edmund und Sabine Fleck, hatten sich ihren Traum vom Eigenheim im Allgäu wahr gemacht. Ohne ein Darlehen aufzunehmen kauften sie sich jetzt mit Mitte sechzig ein schickes Einfamilienhaus in Kleinhaslach, dem schönsten Ortsteil von Isny, nur dreihundert Meter vom Burkwanger Waldsee entfernt. Bevor sie umzogen, schafften sie es, ihr bisheriges Domizil in ihrer Heimat Freibug mit kleinem Gewinn zu veräußern. In Isny engagierte sich Sabine Fleck, ehrenamtlich, um Osteuropäern Deutsch beizubringen. Ihr Mann gab einige Kurse an der Volkhochschule für Rhetorik und Bewerbungsgespräche. Beide waren vor ihrem Umzug fast vierzig Jahre Lehrer an verschiedenen Schulen in Baden-Württemberg. Ihre beiden Kinder waren auch schon über dreißig, längst aus dem Haus und hatten gut bezahlte Jobs in der IT-Branche. Als Sabine Fleck an einem Freitagabend im Dezember, nach einem langen Telefonat mit ihrer Tochter den Hörer auflegte, beschloss sie noch eine Runde mit Stirnlampe um den See zu laufen. Ihr Mann war noch bis 20.30 Uhr bei einem Dia-Vortrag in der VHS in Isny. Bis dahin hatte sie noch eine Stunde Zeit. Sie liebte diesen See, im Sommer lagen sie bei schönem Wetter immer beim Nacktbaden hier. Im Winter wurde der See gern von Joggern, Spaziergängern oder Hundebesitzern genutzt. Sie zog sich einen warmen Anorak an, streifte sich die Stirnlampe über und nahm noch zusätzlich eine Taschenlampe und Handy mit. Es war eisig kalt mit Temperaturen um 10 Grad unter Null und das ganze Allgäu, wie auch der See, lagen unter einer geschlossenen Schneedecke. Der See war seit zwei Wochen vollständig zugefroren und die weiße Pracht die die Bäume um den See bedeckt hatten, verliehen dem Gewässer und der Region ein bezauberndes und geheimnisvolles Winterkleid. Sabine liebte diese Jahreszeit, genauso wie den Sommer. In Freiburg, wo sie früher wohnten, lag selten länger als zwei Tage Schnee.

Nach fünf Minuten hatte sie den See erreicht, außer dem Knirschen ihrer Stiefel auf dem harten Schnee hörte sie nichts. Mucksmäuschenstill. Manchmal wenn sie hier lief, kam ihr einer der Nachbarn oder einer der vielen Hundebesitzer entgegen. Heute nicht, als wenn was Unheilvolles in der Luft liegen würde. Die Stille bedrückte sie heute, sie konnte sich nicht erklären, warum. Dann hörte sie plötzlich ein Rascheln, dass sie aus ihren schwermütigen Gedanken riss. Ein Tier? Eher Schnee, der von einem der Buchen fiel. Sie blieb kurz stehen und lauschte in die sternenklare Nacht. Da, wo sie im Sommer immer lagen, war die Schneedecke jetzt fast einen halben Meter hoch. Na endlich, jemand kam ihr von der anderen Seite des Pfades entgegen. Sie dachte schon, sie wäre heute die Einzige, die auf dem vier Kilometer langen Rundweg unterwegs war. Ein großer dunkel gekleideter Mann, der ihr immer näher kam. Als sie ihn im Lichtkegel ihrer Stirnlampe hatte, sah sie, dass der Mann eine Kapuze aufhatte. Nicht ungewöhnlich bei der Kälte, sie hatte ja auch eine Mütze über ihrer Stirnlampe. Aber von diesem Mann ging eine unheimliche bedrohliche Ausstrahlung aus, obwohl er noch fast fünfzehn Meter entfernt war. Der große Mann hatte einen schleppenden merkwürdigen Gang, als würde er leicht hinken. Dann war er unmittelbar vor ihr, vielleicht vier bis fünf Meter, und blieb abrupt stehen. Wie gelähmt verharrte sie auch. Etwas war anders als sonst, sie spürte die gespenstische Atmosphäre.

„Hallo, auch noch frische Luft schnappen?", versuchte sie mit fester Stimme den Mann anzusprechen.

Er erwiderte nichts und ging ganz langsam weiter auf sie zu. Eine Hand griff in ihren Anorak, sie spürte das kalte Metall ihres Smartphone. Aber jetzt ein Telefonat abzusetzen war zu spät. Wenn sie schreien würde, konnte sie jemanden herbeirufen. In einem Bericht hatte sie mal gelesen, man sollte den Täter anbrüllen, das würde abschreckend wirken. Aber in ihrem Fall hatte der riesige Mann ja noch gar nichts getan, außer sie angestarrt. Wollte er sie vergewaltigen, bei dieser Kälte? Als er zwei Meter vor ihr stand, gefror ihr das Blut in den Adern. Nicht wegen der Kälte, sondern weil sie seinen Kopf besser sah. Ihre Lampe strahlte in sein Gesicht, oder das was ein Gesicht sein sollte. Als sie vor vielen Jahren auf einem Faschingsball war, hatte sie zuletzt so ein „Gesicht" gesehen. Eine Teufelsfratze!

„Was wollen Sie? Warum starren Sie mich so an?"

Die Stille raubte ihr den Verstand, aber jetzt zitterte sie um ihr Leben. Sie konnte nirgends wohin fliehen. Sie nahm ihren ganzen Mut zusammen, tat, als wäre der Mann nur unfreundlich, und versuchte an ihm vorbeizulaufen. Aber der Versuch ihn auf dem schmalen Weg zu umlaufen, scheiterte. Kaum war sie auf seiner Höhe, spürte sie seinen blitzschnellen, stahlharten Griff an ihrem Arm. Sie holte Luft um einen gellenden Schrei auszustoßen, aber dazu kam sie nicht mehr. Als ihre Stimmbänder den Befehl des Gehirns ausführen wollten, spürte sie noch Bruchteile von Sekunden den stechenden Schmerz, als die stahlharte Klinge eines Messers in ihren Hals schoss und am Nacken die Spitze wieder austrat. Dann wurde es finster um sie und sie war erlöst vom Schmerz, als sie die Besinnung verlor.

5. Kapitel

Auf dem Nachhauseweg war es wieder passiert. In diesen Tagen geschah es immer häufiger, dass mir ganz plötzlich die Tränen kamen, wenn ich nur auf einen Sprung zum Einkaufen ging, bei der täglichen Computerarbeit an meinem Schreibtisch oder vor dem Kaffeeautomaten. So still und ohne jede Vorwarnung, dass ich sie kaum bemerkte. Als ich am heutigen Tag nach Hause ging, war es auch so. Ein kurzer Reim spukte mir im Kopf herum, ein nicht besonders origineller, der mich nach Hause trug. „Mir fehlt doch was - mir fehlt doch was, aber wen interessiert denn das?"

Sophie hatte schon zu Abend gegessen, als ich nach der Arbeit zu Hause ankam. Alexa trocknete sie gerade ab, nach dem Bad, als ich in der Tür stand. „Ich nehme sie", sagte ich zu ihr, und sie löste das Handtuch, das um sie gewickelt war. Sie klammerte sich um meinen Nacken und drückte mir ein Bussi auf die Wange, meine süße Maus. Ich zog ihr den Schlafanzug an und klappte ein Buch auf, das wir seit ein paar Tagen lasen. Dann brachte ich sie ins Bett und setzte mich neben sie. Sie gähnte und legte eine Hand auf meinen Schenkel. Als ich ihr Gesicht ansah, wusste ich, wenn ihr mal was geschehen sollte, würde ich auch nicht mehr weiterleben wollen. Nachdem Sophie eingeschlafen war, ging ich ins Wohnzimmer. Alexa hatte noch die Küche sauber gemacht und war dann auf ihr Zimmer gegangen. Ich holte mir eine Flasche Weißwein, lümmelte mich auf die Couch, und drückte die Fernbedienung. Der übliche Mist, der fast jeden Abend lief. Dann zog ich eine Anzeige aus meiner Brusttasche, die ich heute mittags ausschnitt, nachdem ich sie gelesen hatte:

„ZEIGEN SIE IHRE KREATIVITÄT. BRINGEN SIE IHRE GEDANKEN UND WORTE ZU PAPIER. BESUCHEN SIE UNSEREN AUTOREN-ZIRKEL MIT WALTER PICKERT. SCHRIFT-STELLER UND AUTOR MEHRERER SACH-BÜCHER UND ROMANE. WAHRHAFTIG UND NIVEAUVOLL SCHREIBEN. SO WIRD IHRE STORY ZUM BESTSELLER."

Ganz schön hochtrabend, zumal ich von einem Walter Pickert noch nie zuvor in meinem Leben jemals was gehört hatte. Und ich hatte die letzten fünfundzwanzig Jahre bestimmt sehr viele Bücher verschlungen. Ich hatte noch nie einen Abendkurs, Schreibzirkel, Workshop oder ein Seminar fürs Schreiben besucht. Es war drei Jahre her, dass ich zuletzt was geschrieben hatte, und das war nur ein mickriger Artikel für ein Sandbahnrennen. Gewöhnlich korrigierte ich solche Vorlagen oder Entwürfe, die zu unserem Verlag kamen. Aber irgendeine Eingebung sagte mir, dass sich das sofort ändern würde. Ich wählte die Nummer unter der Anzeige. Als sich am anderen Ende ein älterer Mann mit sonorer Stimme meldete und fragte, was er für mich „tun kann", antwortete ich: „Ich will so schnell wie möglich ein Buch schreiben!"

6. Kapitel

Fasching 2011. Rettenberg (Oberallgäu).

Strahlend blauer Himmel und frischer, flockiger Pulver-schnee, der in der Nacht gefallen war, animierte tausende von Skifahrer und Wanderer auf den „Wächter des All-gäus", den Grünten (1733 m), zugehen. Ein breitflächiger, mittelhoher Berg im Oberallgäu, der im Winter bedeutend mehr Gäste anzog als im Sommer. Kein Berg, der es mit den großen Gebieten in Österreich und der Schweiz aufnehmen konnte, aber Familienfreundlich, günstig, sowie klein und fein. Das dachten sich auch seit fünfzehn Jahren, Maren und Reinhold Krebs, die häufig aus Oberschwaben hierher fuhren. Wenn sie über Nacht blieben, mieteten sie sich meistens in Burgberg oder Rettenberg in einer Ferien-wohnung ein, und ließen es sich gut gehen. Heute hatte sie ein Angebot der Allgäuer Zeitung gelockt, da diese eine Aktion zu halben Preisen anbot. Morgen war dann das Gebiet in Ofterschwang auf dem Programm. Aufgrund der ermäßigten Preise und der Sonderaktion mit 40 Prozent Rabatt war die Hölle los, schon in aller Früh. Und dann auch noch das letzte Faschingswochenende, Maren bereute es schon, das sie bei dem Trubel überhaupt hierher gefahren waren. Nachdem das Ehepaar, beide Ende vierzig, drei Stunden gefahren waren, hatte kurz vor zwölf, Maren die Schnauze voll: „Reinhold, ich hab keinen Bock mehr. Es ist so ekelhaft voll, und immer mehr Betrunkene, dass macht mir jetzt keinen Spaß mehr. Lass uns was essen, auf die Sonnenterrasse liegen und danach verschwinden."

„Noch eine letzte Abfahrt", meinte ihr Mann. „Ich will noch unbedingt die unpräparierte Waldabfahrt runter. Dann kehren wir ein in der Mittelstation, okay?"

„Gut, aber die Zone durch den Wald will ich nicht fahren, da hat`s mir letztes Jahr schon die Skier verschlagen, als ich gegen einen Baumstumpf fuhr."

„Also, dann fahr du die Standard-Abfahrt und wer als erster unten ist, schnappt sich den besten Platz auf der Sonnenterrasse."

„Gut, abgemacht."

„Dann bis gleich."

Sie stiegen aus dem Sessellift unterhalb des Gipfels, schoben sich mit den Stöcken an und wedelten in zwei verschiedenen Richtungen den Berg herunter. Eigentlich hatte sie Recht, dachte sich Reinhold, als er abseits der Piste den Waldrand ansteuerte. Zunehmend mehr Voll-idioten auf der Piste, die nicht aufpassten oder schon etwas angetrunken waren. Das von wenigen befahrene Waldstück kannte er nicht nur vom letzten Jahr, sondern auch vom Wandern im Sommer. Als er zwischen zwei Fichten hindurch fuhr, beschloss er, kurz vor der Abfahrt seine Blase zu entleeren, das Gedränge und den Gestank der Toiletten im Restaurant hatte er satt. Er stellte seine Stöcke an einem Baum ab und stieg aus der Skibindung. Er öffnete den Reisverschluss seiner Skihose und hörte plötzlich ein

Knacken. Als ob jemand auf einen Ast getreten wäre. Hier gab`s doch wohl keine Spanner? Irritiert zog er seinen Penis noch nicht heraus und sah sich um. Wenn er angespannt war, konnte er es „nicht laufen" lassen. Da, erneut ein Knacken! Das konnte unmöglich ein Tier sein.

„Hallo, ist hier jemand?" Kein Laut, als er angestrengt lauschte.

Er drehte sich um und spähte woher diese Geräusche kamen. Außer Bäumen und Schnee gab es ja nichts hier. Dann erschrak er zutiefst, als wie aus dem Nichts, auf einmal ein riesiger, schwarz gekleideter Mann vor ihm stand, keine drei Meter entfernt. Er zuckte zusammen als ob er einen elektrischen Zaun angefasst hätte. Durch die tief in die Mitte des Gesichts gezogene Kapuze, konnte er von dem Mann nicht viel erkennen. Mit seinen eins fünfundachtzig überragte ihn die Gestalt um einen halben Kopf.

„Was soll das? Beobachten Sie hier Pinkler?", fragte er den Mann. Stille. Warum sagte der Idiot nichts? Er trug auch sonderbare Klamotten, wie den Umhang den er jetzt öffnete. Krebs war kein ängstlicher Mann, er war sportlich, kräftig und durchtrainiert. Eine Schlägerei hatte er schon schadlos überstanden, obwohl sie schon zwanzig Jahre zurücklag. Auch das Gesicht des Fremden erschien ihm merkwürdig. Aber Moment, es war ja Fasching. Deshalb?

„Tolle Klamotten", meinte er deshalb, spaßig bemüht.

Erst jetzt bemerkte Krebs das der Mann gar keine Skistiefel trug, sondern nur normale braune Bergschuhe. Also, zum Skilaufen war er mal nicht gekommen.

„Okay Kumpel, ich muss weiter. Meine Frau wartet auf mich. Noch viel Spaß beim Spannen."

Dann tat er so, als geh ihm der Typ „am Arsch vorbei" und lief an ihm vorbei. Das hätte er nicht tun sollen. Mit unglaublicher Geschwindigkeit schnellten die Hände des Mannes vor, und mit einem harten präzisen Schubser knallte er Krebs gegen einen Baum. Obwohl er ein Knacken und einen stechenden Schmerz spürte an seiner linken Schulter, schoss seine rechte Faust in das Gesicht des Hünen. Krebs hatte das Gefühl sein Handgelenk würde beim Aufprall brechen, das Gesicht war wie aus Beton! Das konnte unmöglich sein, solche harte Masken gab es gar nicht. Was war das für eine Visage? Dann spürte er die riesigen Pranken der Gestalt an seinem Hals, die seine Kehle wie mit Stahlklammern umschlossen. Wie Schraubstöcke, die mit gewaltiger Kraft zudrückten. Krebs konnte nicht mehr schreien, er bekam keine Luft mehr. Verzweifelt versuchte er mit seinen Händen die Pranken wegzureißen. Er merkte, wie ihm durch den Sauerstoffmangel die Sinne schwanden. Nur noch verschwommen konnte er die Fratze erkennen, die ihn höhnisch angrinste. Mit letzter Energie versuchte er sein Knie in den Unterleib des Mannes zu rammen. Aber seine Beine waren schon zu kraftlos um den Schlag auszuführen und sein Wille gebrochen. Mit unbarmherziger Gewalt drückte der Mann den Hals wie eine Banane zusammen und knallte dann den Kopf mit voller Wucht gegen den Baumstamm. Alle Lebenslichter gingen bei Krebs aus. Sein „Glück", denn so konnte er den Einstich des Skistocks nicht mehr spüren, als der schreckliche Mann ihn mit seinem Stock den Hals zerfetzte.

7. Kapitel

Heutzutage lesen die Menschen weniger als früher. Wer die Studien liest, Teenager oder Kinder hat oder kennt, weiß das. Aber hier ist etwas, das Sie vielleicht noch nicht wussten: Je weniger die Leute lesen, desto mehr wollen Sie schreiben. Workshops – an Uni`s, in Bibliotheken, Volkshochschulen, Kliniken oder Gefängnissen – sind die wahren Wachstumsbranchen der Printmedien. Vielen Verlagen ging es zwar schlechter, aber immer mehr wollten die Leute sich mitteilen und offenbaren. Nicht nur ein Boom der sozialen Netzwerke, auch der Anteil der „anonymen" Kommunikation legte deutlich zu. Nicht zu vergessen, die entsprechenden Zirkel nervöser Aspiranten, die ihre Botschaften stapelweise kopierten um sie in der Menge zu verteilen. Jeder behauptete, am ehrlichen Feedback anderer interessiert zu sein, betet jedoch insgeheim darum, allseits für brillant befunden zu werden. Und jetzt war ich vielleicht bald einer von ihnen.

Die Adresse die mir die Stimme am Telefon nannte, lag in Ravensburg. Die Treffen sollten die nächsten fünf Wochen stattfinden, im Seminarraum des Organisators und Veranstalter. Herr Pickert, so hieß der Mann am Apparat, teilte mir mit, dass ich der letzte sei, der einen der begehrten Seminarplätze bekommen hätte. Ich tat so, als ob ich ihm das glauben würde.

„Wie viele sind denn in dem Seminar?", wollte ich wissen.

„Nur fünf, damit wir gezielter und intensiver auf den Einzelnen eingehen können", antwortete er. Dann verbesserte er mich. „Ich sehe es lieber als „Kreis", als ein Seminar, das wäre zu Lehrerhaft."

„Und wie viel soll es kosten?"

„Nur fünfhundert Euro, also hundert pro Abend."

Ich musste schlucken, als ich den Preis hörte, sagte aber nichts. Nachdem der Mann, der sich Walter Pickert nannte, aufgelegt hatte, wurde mir bewusst, dass ich vergessen hatte zu fragen ob ich irgendwas mitbringen sollte. Doch als ich ein weiteres Mal anrief, ging niemand mehr hin.

8. Kapitel

Am nächsten Dienstag fuhr ich um 18.15 Uhr von Isny nach Ravensburg. Gewöhnlich, wenn kein Stau oder sonst was auf der Strecke war, benötigte ich für die Strecke circa 35 bis 40 Minuten. Die Adresse die mir Pickert gab, war im „Gänsbühl", ungefähr hundert Meter vom Mediamarkt entfernt. Ich sah schon vom Auto, das Schild an der Haus-Nummer 8, „Pickert-Kreis". Was für ein ulkiger Name für ein Seminar. Es war ein älteres Einfamilienhaus mit cremefarbenem Anstrich. Vor dem Haus bekam ich einen Parkplatz und bemerkte eine Frau mittleren Alters, die suchend die Häuser betrachtete. Wahrscheinlich suchte sie die richtige Hausnummer. Es war recht kühl und schon dunkel an diesem Aprilabend.

„Suchen Sie den Schreibzirkel?", rief ich ihr zu, als sie noch zwanzig Meter von mir entfernt war.

„Ja, stehen Sie davor?"

„Korrekt."

Sie lief auf mich zu, dann fiel mir erst auf, wie groß sie war. Normalerweise überrage ich mit meinen eins fünfundneunzig die meisten Frauen um anderthalb Köpfe, bei ihr war's nur ein „Halber", sie war knapp über eins achtzig.

„Peter Kelly", stellte ich mich vor und gab ihr die Hand.

„Petra Zinth, angenehm."

Sie trug eine schwarze Jeans, roten Pullover und eine braune Wildlederjacke. Ihre langen lockigen, blonden Haare hatte sie mit einem Zopf gebändigt. Als ich in ihre blauen Augen sah und ihr Parfüm roch, war sie mir auf Anhieb sympathisch.

„Na dann lassen wir uns mal überraschen, wie der gute Mann uns zu Besteller-Autoren machen will", sagte sie grinsend und ich läutete an der Klingel. Der Summer öffnete uns die Tür, und wir betraten einen leicht muffligen Hauseingang, wo schon zwei Teilnehmer vor einer Tür standen, die anscheinend zum „Veranstalter" führte. Die beiden stellten sich als Maria Kovac und Manfred Will vor.

„Herr Pickert ist noch schnell zum Auto um eine paar

Unterlagen zu holen. Er sagte, wir können uns derweil schon reinsetzen", klärte uns die dunkelhaarige Frau auf. Wir traten in die Wohnung und konnten erahnen, dass gar kein typischer Seminarraum vorhanden war, sondern nur ein runder Tisch im Wohnzimmer. Dort standen auch bereits fünf Gläser auf einem Glastisch. Um den Tisch standen sechs gepolsterte blaue Buchenstühle, ich schätzte sie bestimmt schon auf über fünfzig Jahre. Wir nahmen zögernd Platz und warteten auf den Herrn des Hauses. Es war kurz vor neunzehn Uhr, an einem tristen April-Tag. In Isny lagen noch letzte, kleine Schneereste, in Ravensburg lag seit Anfang März keiner mehr. Trotzdem spürten wir alle die Kälte im Raum, heizen war bei Herrn Pickert wohl Fehlanzeige, dass konnte ja heiter werden. Um 19.05 Uhr tauchte er zerzaust und verschwitzt am Türeingang auf.

„Schönen guten Abend die Herrschaften, ich bitte um Verzeihung für die kleine Verspätung. Aber einer der Teilnehmer hat vor drei Stunden abgesagt, da musste ich jetzt noch drei andere anrufen, die ebenfalls Interesse zeigten und die ich vertröstet hatte. Ich will den Kreis nicht mit mehr als fünf Leuten machen, dass sagte ich euch ja schon am Telefon. Aber fünf ist gerade ideal."

Warum begründete er nicht. Pickert war vielleicht eins siebzig, übergewichtig, und hatte eine glänzende Glatze mit einem kreisrunden Haarkranz. Er war bestimmt schon Ende sechzig, vielleicht sah er aber auch nur so alt aus. Er zog eine dicke Lesebrille aus der Brusttasche seines karierten Hemdes und schaute in einen Notizblock. Dann las er die Teilnehmer des Kreises auf.

„Wunderbar alle da", meinte er, „und der Serge kommt

in wenigen Minuten, er wohnt in der Nähe der Ober-schwabenhalle. Ihr könnt euch ja schon mal mit den Getränken bedienen."

Wir schenkten uns die Gläser voll mit dem Mineralwasser wo hinter uns stand, was anderes gab es anscheinend nicht. Um fünfzehn Minuten nach sieben traf der letzte ein. Ein Deutsch-Russe der durchaus mit den bekannten Boxer-Brüdern verwandt sein konnte. Er war knapp zwei Meter groß, breit wie ein eintüriger Schrank, mit dunklen, maximal fünf Millimeter langen vollen Haaren. Seine Nase war schon etwas krumm, entweder durch einen Unfall oder durch eine Schlägerei. Bei seinem finsteren Blick vermutete ich eher das letztere. Rasieren gehörte bestimmt auch nicht zu seinen Lieblingsbeschäftigungen. Als wir alle brav um den Tisch saßen und Pickert gebannt anstarrten, eröffnete er den Zirkel:

„Gut, liebe Teilnehmer, bevor wie ans Eingemachte gehen, bitte ich jeden von euch sich kurz vorzustellen, mit Alter, Name, Beruf, und was er von unserem Schreibzirkel erwartet. In den nächsten fünf Wochen werde ich euer Helfer und Führer sein, vielleicht sogar euer Freund. Natürlich duzen wir uns alle, das baut Hemmungen ab und macht das Ganze unkomplizierter. Aber eines werde ich nicht sein, euer Lehrer! Denn schreiben, wahrhaftiges schreiben – und das, nehme ich an, ist es, was wir alle anstreben – lässt sich nicht lehren."

Walter Pickert blickte in die Runde, als wollte er jedem von uns Gelegenheit geben, ihm zu widersprechen. Was aber niemand tat. Er fuhr fort um die Regeln für die nächsten Treffen darzulegen. Ich glaube, er hatte im

Rederausch ganz vergessen, dass er uns alle vor fünf Minuten um eine Vorstellung bat. Jede Woche würde es Hausaufgaben geben, meinte er, denen unbedingt Folge zu leisten wäre, ansonsten dürfte der- oder diejenige die keine machten, nicht weiter am Kreis teilnehmen. Schöne Aussichten, dachte ich mir und musterte die Gesichter der übrigen Teilnehmer. Den größten Teil, fuhr er fort, würden allerdings persönliche Lesungen in Anspruch nehmen, aus den Werken, die jeder Teilnehmer hart erarbeiten müsste, gefolgt von den Kommentaren der übrigen Teilnehmer, die das bewerten würden. Vertrauen wäre entscheidend. Kritik an sich selbst, darauf wies er ausdrücklich hin, wäre nicht geduldet. Stattdessen würde es Gespräche geben. Nicht zwischen uns, sondern zwischen einem Leser und den „Wörtern" auf dem Papier. Tablets, Computer, Smartphones und ähnliches, wären nicht geduldet, weder zum telefonieren während der Sitzungen noch zum schreiben und speichern der Story. Jeder sollte mit seiner eigenen Handschrift die Geschichte auf das Papier bringen. Die Schrift würde viel über den Charakter des Einzelnen aussagen. Erst wenn die Geschichte fertig, beurteilt und zufriedenstellend war, dürfte der Teilnehmer es auf den Computer übertragen.

Meine Güte, dachte ich mir, jetzt muss ich noch mit meiner Sauklaue schreiben, hoffentlich hatten die anderen das gleiche Problem. Als er das alles sagte, sah ich, wie rechts von mir einige Köpfe bestätigend nickten. Ich und der grobschlächtige Russe links von mir, hörten nur stumm zu und schauten ihn an. Solange Pickert sprach, konnte ich aus irgendeinem Grund nur ihn ansehen, und fragte mich, ob es vielleicht nur meine Schüchternheit war, die mein Blickfeld begrenzte. Er sprach von Ehrlichkeit, Aufrichtigkeit und Wahrhaftigkeit, dass unser oberstes Gebot sein sollte. Nicht die Struktur oder der Schreibstil wäre das Wichtigste, sondern unsere Geschichte.

„Die Story ist alles", sagte er mit lauter Stimme. „Sie ist unser Glaube, unsere Biographie, unser Selbst. Nur durch die Geschichte können wir hoffen, Erfahrungen zu machen, die nicht unsere Eigenen sein müssen."

Vielleicht übertrieb er ja etwas und das Ganze was er erzählte, war vielleicht ein bisschen zu dick aufgetragen, aber alle hörten wie hypnotisiert zu. Auch ich. Nun war es an der Zeit für die obligatorische „Erzählen – Sie – uns - ein – wenig – von – sich" Runde, und ich hatte schreckliche Angst, dass Pickert mich zuerst aufrief. Aber es kam noch schlimmer, er wählte die blonde Petra, die rechts von mir saß. Was wiederum hieß, dass ich als letzter in der Runde dran war. Davor graute mir schon. Während die ersten redeten, drückte ich heimlich in der Innentasche meiner Jacke auf ein Diktiergerät und hoffte, dass es keiner mitbekam. Die große Blonde, stellte sich als Petra Zinth vor, was ich ja schon wusste, sie erzählte, sie wäre seit drei Jahren geschieden und hätte einen einzigen Sohn, der momentan in Stuttgart studierte und alle vier Wochen mal heimkam. Sie lebte seit der Trennung mit ihrem Mann allein in einer Dreizimmerwohnung in Wangen. Sie wäre viele Jahre in Konstanz bei den Bodensee-Nachrichten als Lokal-Reporterin tätig gewesen, bis man ihr vor acht Monaten die Kündigung überreichte. Der kleine TV-Sender wurde dann geschluckt vom SWR und die Hälfte der

Mitarbeiter entlassen. Wie in vielen anderen Firmen auch. Ihr Alter nannte sie nicht, ich schätzte sie auf Anfang vierzig. Sie erzählte privates aus ihrem Leben, das ich schon als übertrieben empfand, wie dass ihr Mann sie für eine deutlich jüngere Geliebte, absurviert hätte. Seitdem wollte sie sich privat und beruflich neu orientieren und ihren Traum verwirklichen, ein eigenes Buch zu schreiben. Nur wusste sie noch nicht so recht wie. Deshalb war sie hier. An dieser Stelle hielt sie inne. Und es waren keine Tränen, die ihr die Sprache verschlagen hatten, es war Wut.

„Ich hoffe, ich kann hier meine Geschichte entdecken", sagte sie zum Schluss."

„Danke Petra", sagte Pickert und war zufrieden mit ihrem Auftakt.

„Dann zum nächsten, zu dir Manfred."

Seine kahlen Stellen auf dem Kopf glänzten rosafarben, dazu bekam Manfred noch einen roten Kopf. Er zog die Schultern zur Brust und war fast zu schmächtig für sein großes Flanellhemd. Einsam war auch er, wie er uns fast rührselig erzählte. Ganz zu schweigen, von seiner Schüchternheit, die ihn daran hinderte, Blickkontakt zu eine der Frauen in der Runde herzustellen. Pickert fragte ihn, was er sich erhoffte im Laufe der nächsten Treffen zu erreichen, und er dachte lange über seine Antwort nach.

„Wenn ich in einem Zug sitze, sehe ich die Gesichter der Leute auf dem Bahnsteig vorbeihuschen", sagte er. „Ich möchte einfach versuchen einige von ihnen festzuhalten. Sie in etwas verwandeln, das mehr ist, als bloß Fahrgäste zu sein, die ein – und aussteigen. Ich möchte vollständige

Menschen aus ihnen machen. Etwas, an das ich mich halten kann."

Sobald er fertig gesprochen hatte, fürchtete er schon, zuviel gesagt zu haben. Er klang auch ein wenig kompliziert, ich spürte, dass ich nicht der Einzige war, der hier was an der Klatsche hatte. Ich musste mich zusammenreißen, um ihm nicht brüderlich eine Hand auf die Schuler zu legen. Dann erst fielen mir seine riesigen Hände auf. Im Gegensatz zu seinem eher schmächtigen kleinen Körper wirkten sie wie Pfannen die jetzt auf seinen Oberschenkeln lagen. Irgendwas an diesen Händen vertrieb mir wieder das Gefühl sich ihm zu sehr zu nähern. Dann stellte sich der Kerl vor, der mit den Klitschkos verwandt sein konnte. Serge erzählte, dass er schon als kleines Kind ein Faible hatte, für Horrorgeschichten. Zombies und Werwölfe hätten ihn schon immer fasziniert. Und es wäre jetzt höchste Zeit, dass er jetzt seine eigene Geschichte von Dracula erzählten könnte. Er blickte grinsend in die Runde als ob sein Name bereits etwas Unartiges implizieren würde.

„Was ich am Lesen und Schreiben mag", erzählte er, „ist, dass man jemand anders sein kann und Dinge machen kann, die man selbst nie tun würde."

Deshalb wollte Serge schreiben, um jemand anders zu sein. Er war Metzger von Beruf, wer konnte ihm da verdenken, dass er da jemand anders sein wollte.

„Und du Peter?", fragte mich Pickert, „was führt dich hierher?"

„Ich wurde berufen", sagte ich und er sah mich erstaunt an.

„Berufen in dem Sinn, dass du eine Bestimmung verfolgst? Oder ein Ruf im engeren Sinne des Wortes?"

„In meinen Träumen."

„Du wurdest in deinen Träumen gerufen?"

„Manchmal", sagte ich, und es klang wie der Beginn eines vollkommen neuen Gedankens, „manchmal habe ich Albträume."

„Möchtest du erzählen, was du träumst?"

„Nein lieber nicht", antwortete ich und schwenkte um auf meine Kindheit. Ich erzählte, dass mein Vater Lehrer war und meine Mutter Krankenschwester. Und das meine Mutter immer gern Gedichte schrieb und ich sie darum beneidete. Und dann sagte ich, dass ich hier wäre um meine „Blockaden" zu lösen. Dass ich schon immer eine Geschichte schreiben wollte, aber nicht wusste, wie ich damit beginnen sollte.

„Sehr gut", sagte Pickert, „ich möchte euch allen für eure Offenheit danken. Ich glaube, dass alle hier sehr fantasievoll sind und was Interessantes für die Allgemeinheit zu erzählen haben. Jetzt gilt es das was in euch schlummert, zu erwecken und eure Blockaden zu lösen. Jetzt sage ich euch , wie so eine Geschichte stilvoll aufbereitet wird, vom Anfang bis zum Ende, dass das anspruchsvollste ist."

Nachdem er uns eine gute Stunde erzählte, was er von uns erwartete, beendete er den Unterricht mit den Worten:

„Ich hoffe, ihr könnt die nächsten Wochen auch eure

Schüchternheit abbauen. Und jetzt wie angekündigt, die Hausaufgabe; Alle werden bis nächsten Dienstag eine Kurzgeschichte mit noch offenem Ende schreiben. Um was es sich bei der Geschichte handelt ist sekundär. Baut sie so auf, wie ich euch es in den letzten sechzig Minuten veranschaulicht habe. Das Thema kann was alltägliches, erotisches, grusliges oder familiäres sein. Lasst eure Fantasie spielen und bringt aufs Papier was euch bewegt und am Herzen liegt. Wir werden jede Geschichte im Anschluss gemeinsam besprechen. Ich freue mich jetzt schon auf eure Kreativität und wünsche euch einen restlichen schönen Abend."

Dann war die Klasse entlassen. Ich ging leise die Tür hinaus. Meine Zehen waren eiskalt, ich vermutete den anderen erging es ähnlich. Sollte ihm das keiner sagen, dass man sich hier fast die Zehen abfror? Wie viele von den Teilnehmern wohl nächste Woche noch kommen würden? Ich hatte starke Zweifel, ob diese Abende das Geld und die Zeit wert waren. Aber irgendwas trieb mich dazu, wieder zu kommen. Und sei es nur um die Geschichten der anderen zu hören, falls man selbst keine zu erzählen hatte.

9. Kapitel

Am nächsten Morgen hatte ich frei, denn auf eigenen Wunsch arbeitete ich ab jetzt nur noch viermal in der Woche. Alexa bestand auf ihre freien Tage und wollte auch 14-tägig einmal unter der Woche frei haben, um ihre Behördengänge zu erledigen und ihre Eltern öfters besuchen zu können. Ich musste ihr gegenüber tolerant sein, da sie häufiger, ohne zu klagen, zehn – bis zwölf Stundentage hatte. Sie kümmerte sich nicht nur ums Einkaufen, den Haushalt und Sophie, sondern übernahm auch freiwillig die Gartenpflege. Am nächsten Tag erhielt ich in meinem Verlag eine gute und eine sehr schreckliche Nachricht. Die gute zuerst; ich bekam meinen Posten als stellvertretenden Redaktions-leiter wieder „zurück". Unser Redaktionsleiter wusste was er von mir hatte, und war auch bei dem Mobbing in den letzten drei Jahren, dass ich leidvoll erfahren musste, auf meiner Seite. Die schlechte Nachricht war eine grauenvolle, die nicht nur die Redaktion schockierte, sondern den ganzen Verlag und auch die ganze Stadt. Mein Kollege, oder jetzt Exkollege, Reinhold Krebs, war tot. Man hatte uns im Verlag tagelang die Unwahrheit gesagt. Zuerst hieß es, er hätte einen schweren Skiunfall am Grünten erlitten und läge schwer verletzt in einer Spezialklinik, dann sickerte immer mehr durch, dass es Mord gewesen sein müsste. Angeblich wollte die Polizei aus „Ermittlungstaktischen" Gründen, nicht sofort mit der Wahrheit rausrücken, dann kam aber immer mehr die grauenvolle Wahrheit ans Licht: Er wurde ermordet! Auf so bestialische Weise, dass selbst einem der Spurensicherer schlecht wurde, als er die grausam zugerichtete Leiche sah. Gut, dass ich es an diesem Faschingssamstag als das Grauen geschah, vorge-zogen hatte, mit Sophie in den Europapark Rust zu fahren. Erstaunlich und sehr merkwürdig war, dass es die Polizei geschafft hatte, den Vorfall solange vor der Öffentlichkeit geheimzuhalten. Ich versuchte diesen schrecklichen Vorfall, obwohl es mir schwer viel, zu vergessen, und auch Sophie nichts davon zu erzählen. Sie war auch der zweite Grund warum ich heute lieber daheim blieb. Weil sie Halsschmerzen hatte, wollte sie heute nicht in den Kindergarten, da rief ich an und meldete sie krank. Es spielte keine Rolle, ob sie mal den einen oder anderen Fehltag hatte, sie war aufgeweckt, sehr intelligent und würde nichts versäumen. Obwohl sie erst vier Jahre war, konnte sie schon erstaunlich gut lesen. Das kommt daher, wie ich schon mal erwähnte, dass sie unheimlich wissbegierig war und sehr viele Bücher verschlang. Das hatte sie bestimmt von ihrer intelligenten Mutter. Ich saß am Frühstückstisch und studierte den Anzeigenmarkt, um zu erkunden, ob Walter Pickert wieder eine Anzeige geschalten hatte. Ich konnte aber nichts entdecken, wobei mich es wunderte, wenn die Nachfrage wirklich so groß war, hätte sich ja ein weiteres Seminar angeboten. Aber vermutlich schreckte der hohe Preis allein schon viele ab. Ich war aber selbst großer Hoffnung, dass mir der „Kreis", den entscheidenden Kick gab.

„Papi, darf ich fernsehen?", fragte mich Sophie und strahlte mich mit ihren süßen Kulleraugen an.

„Ja, aber nur eine Stunde", antwortete ich, „dann legst du dich wieder etwas hin, um zu schlafen."

„Danke Papi", sagte sie und verzog sich.

Ich war überzeugt, dass sie beim fernsehen einschlief, wie fast immer wenn sie nicht ausgeschlafen war. Das war sehr häufig so, dann trug ich sie immer ins Bett. Dann erregte eine Nachricht aus dem Lokalteil meine Aufmerksamkeit. Eine Vermissten-Geschichte. Das Opfer, oder in dem Fall, Vermisste, war eine gewisse Anna Schwarz, die, so wurde vermutet, hier von einem Spielplatz in Isny verschleppt wurde. Zeugen der Entführung gab es keine, - auch der Sohn der Frau, der zu der Zeit an den Schaukeln spielte, hatte nichts bemerkt. Der sechsjährige schrie auf einmal laut nach seiner Mutter, die laut Bericht erst sechsundzwanzig Jahre war. Anwohnern wurde geraten, wachsam zu sein und verdächtige Besucher die häufig um den Spielplatz rumlungerten, der Polizei zu melden. Über unheimliche, aber traurig gewöhnliche Meldungen dieser Art, las ich normalerweise hinweg. Aber es handelte sich um „unsere Stadt", wo ich auch mit Sophie schon öfter beim spielen war.

Zwei Minuten später stand sie auf einmal neben mir. Dass ich auch stand, überraschte mich selbst.

„Was machst du Papi?", fragte mich meine Kleine. Ich sah nach unten und sah meine Hände am Griff unserer Terrassentür.

„Ich schließe ab".

„Aber diese Türe schließen wir doch sonst nie ab."

49

„Nicht? Bist du sicher?"

Ich sah durch die Scheibe der Terrassentür unseres noch leicht schneebedeckten Gartens, ob ich vielleicht irgendwelche Fußabdrücke am Boden entdeckte. Nichts. Dann schloss ich ab. Sophie rannte in die Küche um sich einen Kakao zu machen. Ich holte mir einen Notizblock aus dem Büro und schrieb auf:

Wichtig! So schnell wie möglich Vorhängeschloss für das hintere Gartentor kaufen.

10. Kapitel

Es war Sonntagmittag und der Dienstag rückte unaufhaltsam näher. Und noch immer hatte ich mein „Werk", also Hausaufgabe, noch nicht gemacht. Unter der Woche hatte ich ein paar Anläufe unternommen, aber das Ambiente meiner Krypta zu Hause, hatte jeden Ausflug von Inspiration verscheucht. Ich musste die richtige Umgebung finden, um meine Story zu schreiben, denn blamieren wollte ich mich auf keinen Fall. Als mein Kindermädchen Alexa, Sophie nach dem Essen mitnahm, zu einer Fahrt ins „Aquaria" nach Oberstaufen, beschloss ich in die Bibliothek zu gehen. Während der Wintermonate bis Ende April hatte sie auch sonntags geöffnet. Zum baden und saunieren hatte ich eh keine Lust, und in dem Erlebnisbad würden sich bestimmt die Menschenmassen drängen. Die kleine, aber feine Bibliothek hatte noch bis fünfzehn Uhr auf, und ich hoffte, dort Anregungen zu bekommen, um meine Geschichte endlich auf die Reihe zu kriegen. Sie liegt neben dem Rathaus bei uns in der Stadt, und als ich sie betrat, war nur eine jüngere Frau da, vermutlich eine Studentin, die auch in den drei Räumen herumstäuberte. Als sie mich sah, lächelte sie mich an und grüßte höflich. Ich erwiderte es, und sah mir die Unmenge von Büchern an, ohne zu wissen, wo ich überhaupt beginnen sollte. Die hübsche Studentin wies mich darauf hin, dass in der Ecke des dritten und kleinsten Raumes ein Computer stand, der mir helfen konnte, die richtigen Bücher zu finden. Ich setzte mich hin, gab „Walter Pickert" ein, und war gespannt, ob von dem Knilch was da war. Tatsächlich. Zwei Bücher, einmal unter den Sachbüchern und einmal unter den Kriminalromanen. Ich ging zuerst in Raum zwei und schnappte mir im siebzehnten Regal sein Sachbuch. Es war mehr eine Familienchronik, die über persönliche und kulturgeschichtliche Abhandlungen aus den 80er Jahren stammte. Bestimmt kein Thema das die Masse interessierte. Zumal ich feststellen musste beim durchblättern, dass die Geschichten und Bilder alles andere als hochwertig erschienen. Bei einer weniger prominenten Person wäre das noch einigermaßen nachvollziehbar gewesen, aber bei ihm? Obwohl, prominent war er ja eigentlich auch nicht. In seiner Familiengeschichte las ich, dass er Ende der Sechziger Jahre, nach Abbruch eines Philosophie-Studiums, eine Lehre als Schriftsetzer begann. Geboren war er in

51

Niedersachsen, verzog sich nach seiner Ausbildung auf die Schweizer Bodenseeseite, wo er Teilhaber einer Druckerei war, die später mit einem Verlag fusionierte. Anscheinend keine Kinder und Familie, zumindest erwähnte er nirgendwo was davon. Dann schnappte ich mir seinen Krimi, der meine Aufmerksamkeit weit mehr erregte. „Der Richter und sein Killer", hieß der Roman, der es schaffte, was ich von Google wusste, in die Bestsellerlisten zu kommen. Ein 360-Seiten Roman, der in Frankreich und Deutschland spielte. Ich las zwei Kapitel durch und war eher enttäuscht, von dem meines Erachtens, altmodischen Stil und der banalen Geschichte. Ich beschloss, das Buch auch nicht mitzunehmen, sonst würde ich vielleicht einiges unbewusst imitieren, was sicher nicht von Vorteil war. Zumal die Rezessionen die ich mir übers Internet abrief, eher negativ und sehr umstritten waren. Wieder kamen bei mir die Zweifel auf, ob es richtig war bei diesem Mann, so einen Schreibzirkel zu absolvieren, da hätte es bestimmt weitaus bessere gegeben. Zumal auch ein Kritiker bemerkte: „Walter Pickert schaffte es, mit einem schlichten Roman in den Siebzigern einen Achtungserfolg zu erzielen, wobei die Qualität seines Werkes äußerst zweifelhaft war. Er konnte auch nie wieder an diesen Erfolg anknüpfen, in der Schlagerbranche hätte man von einer „Eintagsfliege" gesprochen. Auch sein Privatleben schottete er ungewöhnlich ab, und verschwand wenige Jahre später ins Ausland. Weitere Werke von ihm fanden keinen Zugang mehr in die Verlage, geschweige denn zum Publikum."

Als ich weiter surfte blieb ich an einem Artikel hängen, der mir bisher am interessantesten erschien;

„Mit ein Grund, warum Pickert in seiner Heimat keine Beachtung mehr fand, lag wahrscheinlich auch daran, dass er Anfang der Achtziger strafrechtlich in Erscheinung trat, als er sich bei einem seiner Auslandsaufenthalte, mit Minderjährigen beim Sex eingelassen hatte. Auch wurden bei einem anderen Urlaub Drogen bei ihm gefunden. Nur mit intensiven Bemühungen der damaligen Bundesregierung, unter dem damaligen Außenminister Genscher, konnte Pickert einem Gefängnisaufenthalt entgehen. Seiner Reputation schadete es jedoch so sehr, dass kein Verlag mehr gewillt war, mit ihm wieder ein Werk veröffentlichen zu wollen."

Weiter wollte ich nicht mehr lesen, dass sagte alles. Pickert hatte eine zwielichtige, mehr als fragwürdige Vergangenheit. Er konnte nur hoffen, dass keine Interessenten im Vorfeld seiner Seminare, seine Vergangenheit durchleuchteten. Aber er setzte wahrscheinlich auf den Faktor, was im bei uns ja auch gelang, irgendwelche Dummen zu finden. Ich wollte mir aber aufgrund der Artikel nicht meine Laune verderben lassen, und lächelte die hübsche Studentin an. Sie war schätzungsweise Mitte zwanzig, hatte schwarzes Haar und trug einen grünen Pullover mit engen Jeans. Sie wirkte leicht pummelig, hatte aber ein bildhübsches Gesicht und eine süße kleine Stupsnase. Durch die Ausbuchtung am Oberkörper konnte man ihre stattliche Oberweite erahnen. Mir fiel auf, dass ich seit dem Tod meiner Frau keinen Sex mehr gehabt hatte. Eigentlich unnormal für einen Mann meines Alters, der gesund war. Vielleicht sollte ich doch wieder öfter ausgehen? Nach ihrem Tod hatte mich überhaupt keine andere Frau mehr interessiert. Mein Freund Paul meinte, dass könnte aber kein Dauerzustand bleiben, auch Sophie brauchte wieder eine Mutter, nicht nur mich. Sollte ich das ändern, oder war der Gedanke an meine verstorbene Ex-Frau womöglich so stark, dass ich bei einer anderen gar keine Erektion mehr bekam?

Ich sah wieder die Studentin an, die ihren Kopf hob, als könnte sie meine Gedanken lesen. Am Cover ihres Buches konnte ich erkennen, was sie gerade brennend interessierte, wobei wir wieder beim Thema waren: „Shades of Grey". Vielleicht sollte ich mich mehr auf dieses Gebiet, nicht nur beim Schreiben begeben?

11. Kapitel

Der Montag brachte eine Kältewelle. Obwohl die letzte Aprilwoche war, zeigte das Thermometer tagsüber gerade mal zwischen sieben – und acht Grad. Nachts gab es wieder Frost. Auch für Oberschwaben eindeutig zu kalt. Der schneidende Wind ließ alles noch kälter erscheinen. Es war kurz vor halb fünf und ich fuhr von der Arbeit nach Hause. Sophie sah mich schon am Terrassenfenster und kam mir am Eingang bereits freudestrahlend entgegen. Sie fiel mir am Türeingang gleich um den Hals, während Alexa das Abendessen machte.

„Und einen schönen Tag gehabt meine Maus?"

„Ja, heute hatten wir einen neuen Betreuer im Kindergarten. Einen Mann. Philipp."

„Einen Mann? Philipp? Ist denn die Gabi weg?"

Gabi war die Erzieherin, die sich, seit Sophie im Kindergarten war, immer sehr liebevoll um die Kleinen gekümmert hatte. Sie war äußerst beliebt.

„Die Gabi ist krank. Aber Philipp sagte, er bleibt auch wenn sie wieder kommt. Sie wären sonst zu wenig für uns fünfzig Kinder."

Isny hatte das gleiche Problem wie fast alle anderen Kommunen und Städte in ganz Deutschland. Es gab immer weniger Erzieher. Zwar gingen die Kinderzahlen zurück, aber in noch größerem Ausmaß die Zahl der vorwiegend weiblichen Erzieher. Isny bemühte sich deshalb sogar Langzeitarbeitslose für diesen Beruf zu gewinnen. Ein Versuch, der bei den meisten Eltern hier, auf Vorbehalte stieß.

„Und wart ihr denn zufrieden mit Philipp?"

„Ja, er war ganz nett und lustig."

Ich trug sie auf dem Arm, und wir gesellten uns zu Alexa in die Küche, die gerade Krautkrapfen machte.

„Bin in zehn Minuten fertig", sagte sie und legte die ersten in die Pfanne."

Wir saßen uns auf die große Eckbank in der Küche und Sophie holte auf einmal die „Schwäbischen Zeitung" von heute, und legte sie auf den Tisch.

„Sieht sie nicht aus wie Mami?" sagte sie und zeigte mit ihrer kleinen Hand auf das Bild einer Frau in der Zeitung.

Ich betrachtete mir den Artikel genauer und bekam eine Gänsehaut. Die hiesige Polizei hatte ein großes Portraitfoto veröffentlicht, von der Frau die vom Spielplatz verschwand vor einigen Tagen.

„Findest du?", fragte ich und tat so, als ob ich das Gesicht der Frau auf dem Bild genauer taxierte.

„Ja genau so."

Sophie kannte das Aussehen ihrer Mutter ausschließlich von Fotos die ich während unserer Beziehung in allen möglichen Situationen gemacht hatte. Mit Sophie hatte ich oft gemeinsam immer wieder diese Bilder angesehen. In gewisser Weise hatte sie recht, mit ein klein wenig Fantasie bestand durchaus eine größere Ähnlichkeit. Sie hätten durchaus Schwestern sein können.

„Ich erinnere mich an sie."

„Wirklich? Woher?"

„Ich hab sie öfter gesehen beim Bäcker neben unserem Kindergarten. Und am Spielplatz, wo sie verschwand. Da warst du doch auch manchmal dabei Papi."

„Stimmt, du hast recht mein Schatz. Allerdings war deine Mutti noch schöner."

„Hat jemand der Frau was angetan?"

„Ich weiß es nicht Sophie, bisher ist sie nur spurlos verschwunden. Aber vielleicht taucht sie ja die nächsten Tage wieder auf."

„Vielleicht kann sie zaubern und hat sich weggezaubert?"

„So das Essen ist fertig", sagte Alexa und stellte Salat und Pfanne auf den Tisch. Greift zu und lasst es euch schmecken."

Ich schnappte mir den ersten Krapfen und hoffte, dass der jungen Frau nichts passiert war. Sonst würde in einer so kleinen Stadt wie Isny die Furcht einziehen in der Bevölkerung. Nach dem Essen las ich Sophie noch was erfreulicheres vor, aus einem Märchenbuch. Hänsel & Gretel. Wobei, wenn man die Geschichten der Märchen oft genauer betrachtete, waren sie gar nicht mehr so harmlos. Danach begab ich mich noch ins Büro und zermarterte mir den Kopf an meiner Geschichte. Mir war immer noch nicht der entscheidende Durchbruch gelungen, aber ich hoffte, dass es den anderen vielleicht ähnlich erging. Ich sollte mich täuschen.

12. Kapitel

Walter Pickerts Wohnung war nicht unbedingt heller als letzte Woche und miefte auch nach wie vor. Aber das entscheidende hatte sich verbessert, es war warm. Vermutlich hatte sich jemand aus dem Kreis beschwert oder er hatte wahrscheinlich selber gefroren. Alle die letzte Woche dabei waren, kamen auch dieses Mal. Ich nahm an, dass bei allen die letzte Hoffnung für ein Buch, dieser Schreibzirkel war. Alle saßen überpünktlich da und warteten auf den großen Meister, der diesmal sogar einen Tee gemacht hatte. Als er die Kanne und Tassen auf den Tisch stellte, meinte er:

„Wunderbar, alle vollzählig. Bedient euch und dann geht's los. Ich bin schon ganz gespannt auf eure Geschichten."

Alle gossen sich einen Tee ein und er fuhr fort: „Der Spielplan sieht vor, dass jeder von euch maximal zehn Minuten aus seiner Geschichte vorliest. Danach kann jeder ein kurzes Statement dazu abgeben, in maximal zwei bis drei Minuten. Wenn einer nichts dazu sagen will, auch okay, es wird hier keiner zu was gezwungen. Falls Kritik geäußert wird, sollte sie sachlich und konstruktiv sein, nicht beleidigend."

Alle fingerten nervös an ihren Blöcken und Zetteln rum, wie Katzen die am Boden scharrten.

„Ihr seid die Kinder im Garten Eden", erklärte er uns. „Unschuldig, unberührt von Erfahrung, Vergangenheit oder Scham. Es gibt nur die Geschichte die ihr mitgebracht habt. Und wir werden sie hören, als wäre es die erste, die je erzählt worden ist."

Dann ging es los.

Gott sei Dank war ich nicht der erste. Die ersten Vorträge beruhigten mich ein wenig. Mit jeder Stimme und neuen Geschichte ging meine Nervosität zurück. Als Pickert zur Halbzeit eine Zigarettenpause verkündete, ermutigte mich die Gewissheit, dass unter uns (bisher) kein neuer Dan Brown, Steven King, Ken Follet oder John le Carre schlummerte. Aber zwei waren ja noch dran, einer war ich. In der Pause standen alle auf, auch die die nicht rauchten, und das waren immerhin drei. Pünktlich kehrten alle wieder an den Tisch zurück. Jetzt begann der Ernst des Lebens, ich war an der Reihe. Ich las meinen Text langsam vor, einige Male machte ich kleine Pausen. Ich kann mich auch jetzt noch an einige Satzfetzen von den Reaktionen der anderen erinnern. Einer meinte die Erzählung in der ersten Person würde gut zu mir passen, andere sagten, sie glaubten verborgenen Kummer rauszuhören. Serge meinte, meine Geschichte hätte ihn nicht „gefangen", was er sich auch immer darunter vorstellen wollte. Maria fand die Geschichte einfach strukturiert.

Also, um es auf den Nenner zu bringen: Meine Geschichte war, wie ich befürchtet hatte, beschissen.

Alles, was mir aus der zweiten Hälfte des Seminares im Gedächtnis blieb, war Maria. Als sie das schwarze, mit deutlichen Gebrauchsspuren sichtbare DinA4-Buch auf ihren Knien aufschlug, und langsam spürbar zögernd auf den Tisch legte, dachte ich zunächst, dass sie jünger war, als ich sie in der vergangenen Woche noch geschätzt hatte. Doch in dem Moment wo sie zu lesen begann, schlug der Eindruck von Mädchenhaftigkeit in etwas anderes um. Es war jetzt schwer ihren Gesichtsausdruck von damals zu beschreiben, sich daran zu erinnern, es zu sehen, weil es gar kein Gesicht war. Es war wie eine Maske, die nie ganz scharfe Züge annahm – wie eine unfertige Skulptur, die man zwar schon als Abbild eines Menschen erkennen konnte, die jedoch je nach Perspektive praktisch jeder sein konnte.

Dann galt meine ganze Aufmerksamkeit dem, was sie vorlas. Wir hörten zu, ohne auf unseren Stühlen zu rutschen, zu räuspern oder zu husten. Selbst unser Atem beschränkte sich auf das Allernötigste. Es war nicht die stilistische Virtuosität, die uns faszinierte, denn ihre Sprache war schlicht wie von einem Kind. Das Ganze wirkte eher wie ein sonderbares Märchen, das einen eine Weile einlullte, um den Zauber dann mit der Andeutung lauernder Bedrohung zu durchbrechen. Es war die Stimme der Jugend, die die letzte Kurve in die Welt erwachsener Verderbtheit und reifen faulen Begehrens annahm. Wie beim ersten Abend hatte ich mein Diktiergerät in meiner

Jackentasche und konnte es unbemerkt einschalten. Nach der anfänglichen Wärme, hatte es jetzt nach einer Stunde Seminar, deutlich abgekühlt. Ich weiß nicht, ob es daran lag, dass Pickert die Heizung wieder drosselte, oder ob es an der Geschichte von Maria lag, dass das frösteln hervorrief. Außer Serge zogen alle wieder ihre Jacken und Pullover an, sodass es nicht auffiel, dass auch ich meine Strickjacke anbehielt, und mein Gerät einzuschalten. Als sie nach zehn Minuten innehielt, dachte ich mir nur noch: Ich werde nie wieder schreiben. Im Vergleich zu ihrer Geschichte, strotzte meine nur so von Banalität und Langeweile. Mir war klar, dass ich trotzdem die weiteren Stunden hier besuchen würde, allein nur deshalb um ihre Geschichte vollends zu hören. Marias Geschichte verdunkelte jedes kreative Licht, das ich glaubte, bis dahin zu haben. Es war kein Neid der mich dessen so sicher machte. Nicht die Weigerung eines schlechten Sportmanns, der nicht mehr mitspielen wollte, weil er nicht mehr gewinnen kann. Ich wusste, dass ich es noch einmal versuchen würde, hier mein Buch zu schreiben, aber nicht weil ich an mich glaubte, sondern nur um ihretwillen. Einfach deshalb weil ich jetzt mehr Leser und Zuhörer als Schreiber sein wollte. Nur um zu erfahren, ob ihre Geschichte, die alle faszinierte, wahr war oder erfunden.

13. Kapitel

Nach dem Lesezirkel ging ich mit Manfred, der Einzige der nicht gleich heimwollte, noch ins „Extrablatt", einem Bistro, das nur fünfzig Meter von Pickerts Haus lag. Wir sagten zwar in der Runde, dass wir uns noch einen Drink genehmigen wollten, was aber allgemein keine große Resonanz hervorrief. Jeder hatte es eilig, vielleicht hatte aber auch Maria mit ihrer Geschichte dazu beigetragen, dass die anderen sehr nachdenklich oder sogar verstört waren. In der Kneipe war jetzt kurz nach einundzwanzig Uhr kaum was los. Außer uns waren noch vier Leute am Tresen. Wir saßen uns an einen kleinen Tisch und warteten bis die Bedienung kam. Nach fünf Minuten, als unsere Gläser mit alkoholfreiem Weißbier vor uns standen, brach Manfred das Schweigen.

„Gefällt dir der Kurs bis jetzt?", fragte er mich.

„Außer der Raumtemperatur, finde ich ihn gut."

„Du hast Recht, mir frieren auch nach einer Stunde die Zehen ein. Keine Ahnung warum das so kalt wird. Entweder muss er Heizkosten sparen, oder er hält uns für so abgehärtet."

„Hast du schon andere Workshops dieser Art besucht?", fragte ich ihn.

„Der fünfte, mein letzter war vor zwei Jahren in Ulm."

„Dann bist du ja schon ein richtiger Profi."

„Na ja, wäre ich gern. Ich habe aber noch nie was veröffentlicht. Und du?"

„Mir geht's genauso. Ich hoffe, ich kann mir hier den entscheidenden Kick holen, um mit einem eigenen Buch zu starten. Hoffentlich klappt`s. Und dann erst mal einen Verlag finden, das ist ja das nächste, vielleicht noch die schwierigere Hürde."

„Ja da liegst du richtig, das war auch bei mir das Problem. Ich habe mein Manuskript an vierzehn Verlage geschickt, und keiner zeigte bisher Interesse. Die kriegen zigtausend Geschichten jeden Tag auf den Tisch geschissen."

„Und im Vergleich zu deinen ganzen anderen Schreibzirkeln, wie bewertest du diesen mit Pickert?"

„Wir haben ja erst zwei Abende hinter uns. In Ulm und bei den ganzen anderen Schreibkreisen hatten wir fast immer um die zwanzig Teilnehmer, da konnte keiner wie hier, seine Geschichten solange erzählen."

Auf Marias Geschichte kamen wir noch nicht zu sprechen, sondern schwenkten ab auf unsere Berufe. Er erzählte mir, dass er als freier Mitarbeiter eines regionalen Wochenblatts hier in der Region auf Provision arbeiten würde. Das er davon nicht leben könne, dass er Unterhaltsverpflichtungen hatte und allerlei privates, dass ich jetzt hier nicht alles wiedergeben will. Nach einer Stunde, kurz bevor wir gingen, kamen wir dann aber doch noch auf einen von der Runde zu sprechen.

„Dieser Typ ist doch echt merkwürdig, oder?"

„Pickert meinst du?", fragte ich.

„Nein dieser Serge. Ein unheimlicher Typ. Frag mich, was der auf so einem Seminar will? Der kann ja noch nicht mal vernünftig Deutsch sprechen. Und was ist mit dir?"

„Mit mir?"

„Ist er dir nicht unheimlich?"

„Serge?"

Ich wusste zuerst nicht was ich über ihn sagen sollte. Dann gab ich Manfred den entscheidenden Tipp:

„Du solltest ihn in deine Geschichte einbinden."

„Warum, wie kommst du denn da drauf?"

„Ich dachte mir, als ich dein Kapitel heute Abend hörte, du magst gern Horrorgeschichten."

14. Kapitel

Marias Geschichte. Mitschnitt vom Diktiergerät:

„Es war einmal ein kleines Mädchen, das wurde verfolgt von einem Geist. Es war ein schrecklicher Mann dieser Geist, der böse Dinge tat. Er suchte sie heim in seinen Träumen. Sie versuchte den anderen zu glauben, wenn sie ihr sagten, dass es keine Geister gibt, wenn sie ihre Geschichte erzählte. Doch so sehr sie auch betete und wünschte er käme nie wieder, ließ er sie nicht mehr in Ruhe.

Er sah anders aus als all die anderen. Und immer wieder war es Winter und es war sehr kalt wenn sie ihn traf. Immer war alles weiß um sie herum, wenn er kam. Er selbst war ganz in Schwarz, immer wenn er auftauchte. In den ersten Begegnungen sah sie ihn nur wenn sie aus dem Fenster sah, die große dunkle Gestalt. Und jedes Mal wenn sie schrie, war er blitzschnell weg. Bis zu dem einen Tag, als er sie am Fenster anstierte, sie konnte seinem Blick nicht ausweichen, obwohl das was sie sah, furchtbar war.

Der Mann hatte ein komisches Gesicht mit einer langen Nase, seine Lippen waren blau, sein Gesicht hatte eine ungewöhnlich rote Farbe und er besaß pechschwarze große Augen. Am meisten erschreckte sie jedoch, was er oben am Kopf hatte: zwei Hörner! Da wusste sie, dass es der Teufel war. Und weil es immer Winter war, wenn er sie aufsuchte, gab sie ihm ab sofort den Namen SCHNEETEUFEL.

Auch Figuren aus Geschichten haben eine Vergangenheit. Das Mädchen zum Beispiel war ein Waisenkind. Die Leute sprachen nie darüber, woher sie kam, obwohl sie häufig fragte. Und deshalb war ihre Herkunft und Sein, ungewiss. Anderen war sie genauso ein Rätsel wie sich selbst, ein Problem, das gelöst werden musste.

Es gab Bücher, die das Mädchen gelesen hatte, in denen Waisen wie sie zusammen mit anderen Waisen im Heim lebten. Und obwohl diese Heime häufig grausame Orte waren, von denen man sich wegsehnte, wünschte sich das Mädchen, sie könnte in einem solchen Heim leben, damit sie nicht mehr die Einzige ihrer Art war.

Stattdessen schickte man sie in Pflegefamilien, die nicht sind wie Waisenheime in Büchern, sondern einfach normale Familien mit Leuten, die dafür bezahlt wurden, auf Kinder wie sie, aufzupassen.

Im Alter von neun Jahren, war sie schon drei Mal umgezogen. Mit elf noch zwei Mal mehr. Mit zwölf Jahren zog sie ein Jahr lang, jeden Monat um. Und der Schneeteufel folgte ihr überall hin, und zeigte sich jetzt nicht nur im Winter. Er zeigte ihr Dinge, die er tun würde, wenn er real wäre, und tat diese Dinge weiterhin in ihren Träumen.

Mit dreizehn wurde das Mädchen auf einen Bauernhof in die dunklen Wäldern vom Hintersteiner Tal geschickt, soweit in die Einöde, dass man meinen konnte, hier würde es gar keine anderen Menschen mehr geben. Ihre Pflegeeltern waren älter als alle, die sie bis dahin gehabt hatte. Die Frau hieß Gundula und ihr Mann Martin. Sie hatten keine eigenen Kinder, nur ihren kleinen Bauernhof, der gerade noch genug abwarf, damit sie sich in den langen kalten Wintern, noch ernähren konnten. Vielleicht war das der Grund, warum sie, so glücklich waren, als das Mädchen zu ihnen kam.

Sie war noch immer ein Rätsel, nach wie vor ein Problem. Aber Gundula und Martin liebten sie mehr, als wenn sie ein leibliches eigenes Kind gehabt hätten. Es war das Leid, dass das Mädchen gesehen hatte, das ihre Liebe weckte, denn in dem Land, das sie beackerten, mussten sie buchstäblich jeden Bissen hart erkämpfen. Gundula und Martin kannten das Leid seit ihrer Kindheit selbst, und hatten eine Ahnung davon, was es einem einsamen kleinen Mädchen antun konnte.

Eine Zeitlang war das Mädchen glücklich oder näher daran, als sie es je gewesen waren. Die Güte, mit der sie ihre Pflegeeltern behandelten, war ein großer Trost.

Sie hatte ein Zuhause, in dem sie vielleicht nicht nur Wochen, sondern womöglich viele Jahre leben konnte. In der kleinen Gemeinde gab es eine Schule, zu der sie jeden Tag mit dem Bus hinfuhr, und dort gab es Bücher zum Lesen und Mitschüler, die vielleicht sogar eines Tages ihre Freunde werden konnten. Eine Zeitlang war das Leben wie sie sich ein normales Leben vorgestellt hatte. Ihre Zufriedenheit war so groß, dass sie den schrecklichen Mann, der schreckliche Dinge tat, beinahe vergessen hatte.

Es war schon eine Weile her, dass er ihre nächtlichen Gedanken mit seiner Anwesenheit gestört hatte. Deshalb war sie zutiefst erschrocken, als sie eines Nachmittags von der Schule kam und hörte, wie Gundula und Martin von einem kleinen Mädchen aus dem Dorf redeten, das verschwunden war. Es war dreizehn Jahre alt, genauso wie sie. Eben hatte es noch im Garten gespielt, im nächsten Moment war es verschwunden. Die Polizei und freiwillige Feuerwehr aus dem Ort hatten überall gesucht, doch das Mädchen blieb drei Tage lang verschwunden. Die Behörden mussten davon ausgehen, dass es sich um ein Verbrechen handelte. Es gab keine Verdächtigen. Die einzige Spur war ein Fremder, der bemerkt worden war, als er nachts über die rissigen Gehsteige strich. Ein großer Mann mit hängenden Schultern, eine Gestalt, die sich im Schatten aufhielt. „Ein Mann ohne Gesicht", hatte ein Zeuge ihn beschrieben. Ein anderer meinte, es habe ausgesehen, als hätte der Mann etwas gesucht, doch dies sei nur ein flüchtiger Eindruck gewesen. Darüber hinaus war nichts über ihn bekannt.

Aber das Mädchen wusste mehr. Die Kleine wusste, wer die dunkle Gestalt war, obwohl sie ihn noch nicht gesehen hatte. Sie wusste, wer das Mädchen aus dem Dorf verschleppt hatte, das genauso alt war wie sie. Es war der SCHNEETEUFEL. Nur, dass er jetzt die Grenzen der Träume überschritten hatte, und die reale Welt betrat, wo er all die schrecklichen Dinge tun konnte, die er tun wollte.

Und das Mädchen wusste noch etwas: Sie wusste, wonach der Schneeteufel suchte, wenn er im Schatten der Nacht unterwegs war.

ER SUCHTE NACH IHR!

15. Kapitel

Schreibe über das, was du weißt und kennst. Eine der wichtigsten Regeln für Schriftsteller, wenngleich eine überflüssige, da die meisten sowieso zunächst zum Biografischen neigen. Vor allem die „Prominenten", oder die die glauben prominent zu sein. Die Einbildungskraft kommt später, wenn sie sich überhaupt einstellt, nachdem alle Seiten des Familienfotoalbums durchgeblättert, Liebesbeziehungen obduziert, Schlüsselmomente des Erwachsenwerdens und häusliche Tragödien auf dem Papier wieder aufgewärmt wurden. In der Regel finden Leute ihr eigenes Leben interessant genug, um sich nie mit dem Problem auseinander setzen zu müssen, sich etwas auszudenken. Aber was ist, wenn man das Leben das man führt, nicht besonders prickelnd oder interessant findet?

Ich war der festen Überzeugung, dass mein Leben nicht genügend Substanz und Unterhaltungswert bot, um darüber einen Roman zu schreiben. Sonntagnachmittag besuchte ich meinen besten Freund Paul. Als ich ihm von meinem Vorhaben, dass ich ein Buch schreiben wollte, überraschte, meinte er mit Sprüchen wie: „Warum glaubst du, das jemals jemand dafür zahlt, was du da schreibst?" Ich hatte ihm lang und breit von dem Schreibzirkel erzählt, von dem er nicht allzu viel hielt. Er meinte, entweder hat jemand das Talent zu schreiben oder nicht. Einen Grobmotoriker könnte man ja auch nicht als Chirurg auf die Menschheit loslassen. Bei soviel Motivation verabschiedete ich mich frühzeitig. Wie ich mir schon gedacht hatte, waren Männer nicht feinfühlig genug um bei einem so wichtigen Thema nützliche Hilfe leisten zu können.

Nachdem ich um einundzwanzig Uhr Sophie ins Bett gebracht hatte, schnappte ich mir nochmals mein Skript und ging die letzten Seiten durch. Die letzten Wochen, seit Anbeginn des Schreibzirkels, beunruhigte mich noch was anderes außer meinem unvollständigen Buch; Mich quälten immer öfter Albträume, wobei ich nicht wusste, ob das mit dem Buch oder den merkwürdigen Vorfällen in meinem Umfeld in einem Zusammenhang stand. Manchmal fing ich an Stimmen zu hören, anfänglich von meiner verstorbenen Frau, dann auch andere. Ich dachte an den Film „The sixt Sense" mit Bruce Willis. Konnte man wirklich Stimmen aus dem Jenseits hören und Tote sehen, oder waren mein Sinne und meine Nerven so daneben, dass ich nicht mehr Realität und Träume unterscheiden konnte? Als ich abends auf dem

Bett lag und mein Manuskript las, drehte ich die Musik in meinem Zimmer leiser, ich glaubte was zu hören. Die Stimmen kamen immer beim Einschlafen zu mir. Der große Unterschied zu den vergangenen Nächten war ein anderer. Bisher überkamen mich die Stimmen, wenn ich träumte oder in meinen Schlaf verfiel. An diesem Abend hörte ich sie, als ich noch wach war.

16. Kapitel

Am Dienstagmittag gegen zwölf, ungefähr sieben Stunden bevor das Seminar begann, kam auf einmal ein Anruf von Walter Pickert. Er hatte umdisponiert, wie er merkwürdigerweise mitteilte. Der Schreibzirkel würde heute kurzfristig bei Maria Kovac in Wangen stattfinden. Bei ihm gäbe es angeblich Handwerksarbeiten die nicht bis zum Abend fertigwerden würden. Mir sollte das nur recht sein, Wangen lag näher zu mir, und bestimmt würde Maria im Gegensatz zu ihm vernünftig heizen. Vermutlich dachten die anderen Teilnehmer das gleiche, und keiner hinterfragte die näheren Umstände.

Es war jetzt Anfang Mai und nur noch oberhalb von 1400 Metern Höhe waren die Berge weiß. Die Temperaturen lagen auch am frühen Abend noch bei angenehmen neunzehn Grad, und nur eine Schleierbewölkung trübte die gute Fernsicht auf die Allgäuer und Vorarlberger Alpen.

Als ich gegen achtzehn Uhr nach Wangen fuhr, war Alexa mit Gartenarbeit beschäftigt und Sophie winkte mir hinterher. In Wangen angekommen, machte ich noch einen kleinen Bummel durch die historische Altstadt, bevor ich Marias Haus ansteuerte. Als ich in die Bergstrasse fuhr, wurde mir gleich bewusst, beim Anblick der vielen Neubauten, dass hier die besser situierte Bevölkerung von Wangen wohnte. Auch Maria schien es gut zugehen, es war kein Einfamilienhaus, sondern eine prachtvolle Villa mit zwei hübschen kleinen Erkern, die gen Himmel reckten. Fast schon wie ein Schloss mit ihrer Prinzessin darin. Ich sah Manfred und Serge, die wie ich einen Parkplatz suchten, und als sie ihn gefunden hatten, ebenso die Prachtvilla bestaunten, wie ich.

„Ihr verstorbener Mann muss ja gut verdient haben", meinte Manfred als wir zum Eingang liefen. Aus den kurzen Erzählungen von Maria während unserer Sitzungen, wussten wir, dass Maria eine 22-jährige Tochter hatte, die in Ulm studierte. Von ihrem Mann war sie vor acht Jahren anscheinend geschieden worden, nach dem Auszug ihrer Tochter, hatte sie eine kleine Anliegerwohnung an eine Lehrerin vermietet. Den Rest um das große Grundstück mit dem riesigen Garten erledigte ein Gärtner und stundenweise ein Hausmeister. Wir fragten uns wahrscheinlich alle, was für ein Anwesen wohl jetzt ihr Mann bewohnen würde, wenn die Ehefrau so großzügig abgefunden wurde. Unter ihrem hölzernen Carport stand ein knallrotes Mercedes Cabrio. Also, aus finanziellen

Beweggründen würde sie bestimmt nicht ein Buch veröffentlichen wollen, dahinter steckte ein anderes Motiv. Außer, alles was wir hier sahen, war nur eine schöne Fassade, und sie konnte das nicht mehr lange aufrechterhalten. Als Maria uns öffnete, bat sie uns ihr zu folgen ins „Kaminzimmer", wo an einem runden Tisch bereits Walter Pickert und Petra saßen. Um den prasselnden und knisternden Kamin hatte sie schon sechs schwarze Ledersessel aufgestellt. Na wenigstens mussten wir heute bestimmt nicht frieren. Auf dem großen Marmortisch standen schon Karaffen von Tee, Glühwein, Kaffee, Kuchen und Gebäck. Ich kam mir fast vor wie an Weihnachten.

In dieser Kulisse von Wohlstand wirkten wir alle, außer Maria natürlich, wie Tagelöhner, die sich heimlich einen netten Abend gönnten und wahrscheinlich hofften, bald selbiges zu haben. Ich war heute mit vorlesen als Erster dran, was mich erleichterte, denn je schneller ich meine erbärmlichen Sätze hinter mich brachte, desto eher konnte ich mich auf den Glühwein und die Leckereien stürzen. Außerdem war ich ohnehin nur aus einem einzigen Grund hier: Ich wollte Marias Geschichte hören!

Die Meinungen über meine Geschichte möchte ich hier jetzt nicht wiedergeben. „Bemüht", war vermutlich noch der mildeste und freundlichste Ausdruck den ich zu hören bekam. Die anderen waren, meines Erachtens, auch nicht viel besser. Manfred erzählte irgendwas das stark an Harry Potter erinnerte, und Serge hatte anscheinend zu viele traumatische Erlebnisse in seiner Erziehung. Seine Horrorgeschichten waren blutig und endeten dann in einem Gefangenlager für Schwerstkriminelle. Einzig die Geschichte von Petra wirkte etwas schwermütig und fast poetisch, aber sehr stilvoll. So äußerte sich zumindest Walter Pickert über sie.

Dann war es soweit, Maria begann. Sie berührte mich wieder mit dem ersten Wort das sie sprach. Das sage ich, obwohl ich gar nicht richtig zuhörte. Ich achtete mehr auf die Art wie sie vortrug, als auf die Wahl ihrer Worte. Mein Diktiergerät hatte ich in meiner Weste stecken, die ich über meinem karierten Hemd trug. Nachdem sie fertig war, herrschte bestimmt zwei – bis drei Minuten Stille, ehe sich Walter Pickert als Erster wieder zu Wort meldete.

Manfred knackte nur mit seinen Fingern und die anderen hatten fast Tränen in den Augen. Serge starrte nur wie apathisch in die züngelnden Flammen des lodernden Feuers.

„Wunderbar Maria, wahrhaft wundervoll!", sagte Pickert am Ende und hob das Glas in die Höhe, als wollte er auf einen runden Geburtstag anstoßen. Die anderen Vorträge waren damit nahezu bedeutungslos geworden. Verschämt sahen sich die anderen Teilnehmer an, lediglich Serge hatte einen finsteren Blick auf, als wolle er die so „Hoch-Gelobte", im nächsten Moment niederstechen.

Nach dem Treffen gingen wir hinaus in die mittlerweile kalte Nacht und beredeten am Eingangstor, wo wir das nächste Meeting abhalten sollten. Alle waren dafür, aufgrund des noblen Ambiente, dass dies wieder bei Maria stattfinden sollte. Als wir zum Auto liefen, fiel mir auf, dass nicht alle Teilnehmer das Anwesen verlassen hatten. Einer blieb länger. Pickert! In mir keimte der Verdacht, dass er

Maria vielleicht bei ihrer Geschichte unterstützte oder die beiden sogar ein Verhältnis pflegten. Wobei ich mir das ehrlich gesagt, wirklich nicht vorstellen konnte. Ein Mann der, so wirkte es zumindest, kaum Geld hatte, beschissen aussah, und dann noch mindestens dreißig Jahre älter war. Oder war es nur eine „Väterliche Beziehung", die sich hier abspielte?

Als ich mit meinem Auto losfuhr, versuchte ich diese abstrakten Gedanken zu verwerfen und es damit zu erklären, dass er ihr nur beim Aufräumen half. Schließlich hatte sie ihm die Arbeit abgenommen und er musste sich keine Gedanken über seine Heizkosten machen.

Während der Fahrt, machte ich mir immer wieder Gedanken, über einzelne Passagen und Wörter ihrer Geschichte.

„Blutige Hände".

Schon diese beiden Wörter machten mir Angst. Oder ihren Satz:

„Furcht hieß sie die Stadt, die Welt auf eine Art sehen, wie sie sie nie zuvor gesehen hatte."

Ich versuchte, diese Sätze im verwehenden Dunst meines beschlagenen Atems hinter mir zu lassen, und meine Gedanken auf aktuelle Sorgen zu richten. Sophie hatte seit einigen Wochen häufig Fieber – Kopf – und Magenschmerzen. Sie hatte deshalb einige Fehlzeiten im Kindergarten und ich bat Alexa, wenn ich nicht da bin, immer in ihrer Nähe zu bleiben. Hätte ich damals den Erlös aus der Lebensversicherung meiner Frau nicht bekommen, wäre ihre Bezahlung für mich völlig unmöglich. Mit meinem Verdienst bei 32 Stunden wöchentlich und dem Kindergeld, kam ich nur auf knapp 2200 Euro netto im Monat. Als ich heimkam, kurz nach halb zehn, waren Alexa und Sophie noch im Wohnzimmer auf der Couch. Ich nahm sie in die Arme und fragte sie:

„Warum bist du denn noch auf, meine Maus?"

„Ich kann nicht schlafen."

„Warum?"

„Ich hab Angst vor dem Träumen."

„Warum das denn? Wovon träumst du denn?"

„Von einem Mann?"

„Was für ein Mann?"

„Ein böser Mann."

„Hier gibt es keinen bösen Mann", versuchte ich sie zu beruhigen. „Einen bösen Mann würde ich niemals hereinlassen.

„Er ist nicht in unserem Haus, er ist dort drüben." Dabei zeigte sie mit ihrem Arm auf das Haus gegenüber.

„Aber da ist doch auch kein böser Mann. Dort wohnen die alten Richters, die haben dir doch schon oft was geschenkt."

„Aber ich habe manchmal von meinem Fenster einen schwarzen Mann gesehen, der mich anstierte."

„Das hast du bestimmt nur geträumt Sophie", schaltete

sich jetzt auch Alexa ein. „Wir haben nur nette, liebe Nachbarn."

Ich nahm Alexa zur Seite und bat sie, heute Nacht bei Sophie im Zimmer zu schlafen. Normal schlief Alexa in unserer Anlieger-Wohnung, einem vierzig Quadratmeter großen Appartement an der Ostseite des Hauses. Wenn ich aber mal längere Zeit außer Haus war, gab ich ihr das Gästebett, das sie dann in Sophies Zimmer aufstellte und bei ihr schlief. Manchmal nahm ich sie auch zu mir ins Bett, da ich aber die letzten Monate selbst oft schlecht schlief, war mir lieber, sie war mit Alexa zusammen. Alexa holte sich das klappbare Gästebett und ging mit meinem Schatz auf ihr Zimmer. Ich gab ihr noch einen Gute-Nacht-Kuss und merkte, dass sie einen schweißnassen Rücken hatte.

Dann ging ich in mein Zimmer und wollte die Vorhänge zuziehen. Da gefror mir das Blut in den Adern, mein Herz klopfte in Höchstgeschwindigkeit bis zum Hals. Ich sah hinüber zu den Richters und entdeckte einen großen Schatten in ihrem Garten. Dort stand ein Mann in dunkler Kleidung, neben der Gartenlaube. Wie, als ob er gewartet hätte, bis ich zu ihm sah, starrte er mich an. Diese Gestalt war nicht mehr von dieser Welt. Der Halbmond leuchtete ihn an, er hielt etwas in seinen Händen, nein, es waren keine Hände, sondern Klauen. Ich sah das rötliche Gesicht, die übernatürlich großen schwarzen Augen, die mich zu verschlingen drohten. Und einen großen Schädel mit Hörnern an der Schläfe, die Ausgeburt der Hölle hatte uns heimgesucht!

17. Kapitel

Marias Geschichte, zweiter Mitschnitt.

Das Mädchen erzählte niemandem, was es vom Schneeteufel und den schrecklichen Dingen wusste, die er getan hatte. Denn sie wusste im Grunde nichts über das verschwundene Mädchen, nichts, was es je beweisen konnte. Ganz zu Schweigen davon, dass man es nach einer solchen Äußerung, ein für alle Male für verrückt erklären würde. Man würde sie Gundula und Martin wegnehmen und an einen Ort bringen, weit schlimmer als jede Pflegefamilie und jedes Waisenhaus.

Aber noch fürchterlicher als dieser Gedanke war die Vorstellung, Gundula und Martin weh zutun. Die beiden hatten sich immer nur um ihr Wohlbefinden gesorgt. Dass sie an dunkle Gestalten aus ihren Träumen glaubte, an ein Monster das vom dunkelsten aller Orte gekommen war, um sie zur Strecke zu bringen, würde den beiden das Herz brechen.

Dass Mädchen beschloss, Gundula und Martin um jeden Preis zu schützen.

In den darauf folgenden Tagen funktionierte es sogar. Das Mädchen tat als wäre alles in Ordnung. Keine weiteren Kinder waren mehr verschwunden. Seine

Träume waren jetzt nicht mehr grausam, ganz ohne schreckliche Gestalten, die böse Dinge tun.

Es war, als wäre der schwarze Mann mit den Hörnern auf dem Kopf, den sie Schneeteufel nannte, aus ihren Träumen verschwunden.

Dann jedoch kurze Zeit später, erblickte ihn das Mädchen wieder. Nicht in ihren Träumen, sondern durch das Fenster ihres Klassenzimmers. Sie saß an ihrem Tisch über einer Klassenarbeit. Als sie einen Moment nicht weiter wusste, sah sie aus dem Fenster auf den Pausenhof. Er stand im Schatten einer Ulme und sah zu ihr. Er war so groß, dass er bis zu den Ästen hochragte, die für sie noch einen Meter zu hoch wären. Sein Gesicht war zum größten Teil von einem Schattenstreifen bedeckt, trotzdem konnte sie sein Grinsen und seine zwei Hörner auf dem Schädel erkennen. Obwohl sie stark zitterte, beugte sie sich wieder über ihre Aufgabe. Sie wusste, wenn sie wieder aus dem Fenster sah, würde er sie wieder anstieren. Der Lehrer spürte das mit dem Mädchen was nicht mehr in Ordnung sein konnte. Er stellte sich neben sie um zu beobachten, warum sie so stark zitterte.

Als sie später in der letzten Reihe des Schulbusses saß, versuchte das Mädchen seine Gedanken zu ordnen. Wie konnte sie erkennen, dass „er" sie angelächelt hatte, ohne dass sie sein Gesicht sah? Waren das wirklich Hörner auf seinem Kopf?

Er musste doch auch anderen aufgefallen sein, wenn er dort eine Weile bei dem Baum stand?

Hatte sie ihn sich nur ausgedacht, so wie sie manchmal glaubte, ihr ganzes Leben wäre erfunden? War der schreckliche Mann mit den Hörnern, der schreckliche Dinge tat, nur ein Produkt ihrer Fantasie?

Auf einmal war er wieder da, als sie aus dem Schulbus blickte. Er saß auf einer Schaukel auf dem Spielplatz und grinste sie teuflisch an. Unweit des Platzes hielt der Busfahrer um zwei Schüler rauszulassen. Das Mädchen stand auf und versuchte sie zu warnen, vor dem schrecklichen Mann, der auf der Schaukel saß. Aber sie lachten sie nur aus und keiner wollte zuhören was sie sagte. Wie dumm sie nur waren, wahrscheinlich würde der Schneeteufel bald einen von ihnen holen.

Der Busfahrer legte einen Gang ein und fuhr wieder weiter. Der schreckliche Mann schauckelte immer noch und grinste. Sie sah seine riesigen Hände, die mehr den Pranken eines Tieres ähnelten. Seine großen wulstigen dicken Finger die voller Dreck waren. Als der Bus um die Ecke fuhr und sie ihn besser sah, merkte sie, dass sie sich getäuscht hatte: Nicht Schmutz und Dreck war auf den Fältchen und Härchen der Klauen, sondern ganz was anderes. Blut war es.

Am nächsten Tag fand man das zwei Wochen zuvor verschwundene Mädchen. Tot. Sie lag an einer Sandbank in der Nähe des Illerursprungs bei Oberstdorf. Grausam verstümmelt und bestialisch abgeschlachtet. Die Fußgängerin die sie oberhalb des Ufers beim Joggen entdeckte, musste psychologisch betreut werden, weil sie beim Anblick der Leiche einen Schock bekam.

Wegen des Leichenfundortes richtete sich der Verdacht auf einen 16-jährigen Jugendlichen aus Fischen, der an gleicher Stelle, vor drei Monaten eine Spaziergängerin vergewaltigen wollte. Nur ein Urlauber mit einem Hund, konnte den Angreifer damals in die Flucht jagen. Zeugenaussagen führten aber zwei Tage später zu dem Jugendlichen. Er wohnte noch bei den Eltern und die Polizei konnte bei ihm daheim, Diebesgut und mehrere Waffen vorfinden. Trotzdem war es für die Eltern, Nachbarn und seinen Mitschülern, unvorstellbar, dass er zu so einer Tat wie dem Mord fähig wäre. Die Leiche des Mädchens war, wie noch nie zuvor eine Leiche in dieser Region, wie von einem Raubtier angefallen und aufgeschlitzt worden, von den Schamlippen bis zum Hals. Der Schädel war bis zur Unkenntlichkeit zertrümmert und die Haut hatte offene, abgerissene Hautfetzen als wäre ein Raubtier über sie hergefallen.

Die Nachricht des toten Mädchens verbreitete sich wie ein Lauffeuer in der gesamten Region. Die örtliche Polizei und die Kripo aus Kempten bekamen für die Untersuchung des Falles, Unterstützung vom Bundeskriminalamt. Es wurde sogar eine Sonderkommisson eingerichtet. Die meisten bezweifelten sofort, dass der Junge, obwohl er eine kriminelle Ader hatte, zu solch einer Tat fähig war. Der Junge hatte zum Tatzeitpunkt kein plausibles Alibi, allerdings fand man auch keine konkreten Spuren um ihm die Tat anhängen zu können.

Es trat eine inoffizielle Ausgangssperre in Kraft. Alle Bürger der Region wurden gebeten, nach Einbruch der Dunkelheit, gewisse Stellen zu meiden oder nur noch in Begleitung was zu unternehmen. Alleinstehenden Personen, Kranken und Alten, wurde geraten nur noch in stark belebten „Zonen" was zu unternehmen. Die Polizei verdoppelte die Anzahl der Kameras an Bahnhöfen, Busstationen und Taxiständen um das dreifache. Von vier Gemeinden im Oberallgäu wurde eine privat organisierte Zivilstreife auf Rundgänge geschickt. In vielen Häusern und entlegenen Höfen brannten von früh bis spät Mahnwachen.

Auch die örtliche Polizei bekam Angst, weniger von dem Täter, als vielmehr von Aktionen, möglicher Selbstjustiz.

Die Bürger und Polizei hatten überhaupt keine Ahnung nach wem sie eigentlich Ausschau halten sollten. Solange der Täter nicht gefasst war, misstraute jeder, jedem.

Eine Woche später, nachdem die Leiche gefunden worden war, verschwand in Vorderhindelang, fünfzehn Kilometer vom anderen Tatort entfernt, ein Mädchen. Sie wurde, laut späterer Rekonstruktion, von ihrem Bett weg, in einem Zweifamilienhaus auf dem Land verschleppt, ohne das jemand was gehört oder gesehen hatte. Die Vorhänge waren mit Blutspritzer verschmiert und die Polizei entdeckte später Fußabdrücke auf dem schneebedeckten Vorgartens des Hauses, von einer

Person mit einem „außergewöhnlich großen Fuß."

Es war an einem Dienstagabend als Martin und Gundula mit dem kleinen Mädchen Karten spielten, Bratäpfel machten und um ihren wohligen Kamin im Wohnzimmer saßen. Das Mädchen hatte das Gefühl, dass ihre Adoptiveltern noch viel intensiver auf sie aufpassten, als vor diesen grausamen Vorfällen.

In selbiger Nacht nachdem das Mädchen um zweiundzwanzig Uhr ins Bett ging, konnte es nicht mehr schlafen. Um Mitternacht als der Vollmond die Umgebung des Hofes wie mit Scheinwerfer bestrahlte, ging sie zum Waschbecken in ihrem Zimmer und trank warmes Wasser. Ein seltsames Gefühl hatte sie schon im Laufe des Abends ergriffen, so als würde die nächsten Stunden was Schreckliches geschehen. Ihren Eltern sagte sie nichts von ihrer Vorahnung, sonst würden sie sich noch mehr Sorgen machen.

Dann erschrak sie und ließ das Glas auf den Boden fallen. Jemand hatte einen Schneeball an ihr Fenster geworfen. Schon als sie zum Fenster ging, wusste sie schon, dass sie einen Fehler gemacht hatte. Was sie antrieb, war auch nicht allein die Neugier, sondern Pflichtgefühl. Sie musste das dunkle Unfassbare, das sie an diesen Ort gebracht hatte, davon abhalten, Gundula und Martin was anzutun.

Als sie mit ihren nackten Füßen und ihrem Nachthemd über die Dielen huschte, ächzte das Haus, als ob es sie warnen wollte. Als sie aus dem Fenster sah, klammerten sich ihre zitternden Hände an die Fensterbank.

Dann holte sie aus einer Kommode einen metallenen Gegenstand hervor, der im Mondlicht blitzte. Ein Brotmesser! Sie hatte es vor kurzem aus der Küche heimlich mit, und keiner der beiden hatte es bisher bemerkt.

Als sie aus dem Fenster ihres Zimmers im ersten Stock auf den Hof blickte, knallte ein weiterer Schneeball gegen die Scheibe. Jetzt sah sie, woher er kam. Der Schneeteufel stand unten und sah zu ihr rauf. Dann drehte er sich um und ging um den Stall.

Obwohl sie große Angst hatte, zog sie Schuhe und eine Jacke über ihr Nachthemd an. Dann steckte sie das Messer in die Innentasche der Jacke und lief die Treppen runter zur Haustür. Erst zögerte sie und wusste nicht ob es richtig war, aber dann trat sie entschlossen ins Freie. Ein leichter Wind wehte und eine eisige Kälte umgab sie. Sie vernahm den Geruch des Schneeteufels und folgte seinen riesigen Fußabdrücken zum Stall. Ein Geruch den Soldaten und Chirurgen allzu gut kannten, den ein Mädchen wie sie, zuvor aber noch nie wahrgenommen hatte.

Sie kämpfte gegen die Angst und das Ekelgefühl und ging zu der Rinderbox am Ende des Stalles zu. Das wusste „Er", als ob er sie bei der Hand genommen hätte. Nachdem sich ihre Augen an die Dunkelheit gewöhnt hatten, war es hell genug um zu sehen, wer und was in dem Stall war.

Da war ein Mädchen, das sah aus wie sie!

Sie kannte es von der Schule. Einen kurzen Moment lang glaubte sie, es wäre ihre eigene zerstückelte Leiche, die vor ihr auf dem Blutbesudelten Strohballen lag. Dann wäre sie aber auch nur ein Geist. Den Schneeteufel konnte sie auf einmal nirgends mehr sehen, hoffentlich ging er nicht ins Haus. Dann schnappte sie sich eine Schaufel die an der Wand stand, und fing an zu graben. Sie musste die Leiche des anderen Mädchens verscharren, sonst würde der Verdacht vielleicht auf Gundula und Martin fallen. Der Schneeteufel hatte sie dazu verführt, sodass es eigentlich nicht ihre Entscheidung war.

Lieber war sie die Komplizin von ihm, als das ihre Eltern für den Rest ihres Lebens für ein Verbrechen büßen mussten, das sie gar nicht begangen hatten.

Als sie das Loch ausgegraben und die Leiche hineingelegt hatte, kam ein starker Luftzug in den Stall. Er stand wieder vor ihr, grinste diabolisch und zufrieden, als hätte er nichts anderes von ihr erwartet. Sie klopfte das Erdreich fest und sah sich danach wieder um. Sie konnte niemanden mehr entdecken. Sie klopfte den Dreck von ihrer Jacke und ging langsam zurück ins Haus.

Sie hoffte, dass sie jetzt schlafen konnte und dass er sie in Ruhe lassen würde, auch in ihren Träumen.

Aber sie täuschte sich, das Grauen in dieser Nacht war noch lange nicht zu Ende.

18. Kapitel

Drei Tage nach dem letzten Treffen in Marias Haus, berichtete unsere Lokale Zeitung und der Rundfunk, von einer weiteren vermissten Person. Ein Krankenpfleger aus Neutrauchburg wurde seit zweiundsiebzig Stunden vermisst. Die Polizei in Isny hatte bereits nach einem Tag die Vermisstenmeldung seiner Frau aufgenommen, aber nach Absprache mit ihr, warteten sie noch zwei Tage länger, bis sie die Meldung an die Öffentlichkeit weitergaben. Laut Statistik tauchen fünfundneunzig Prozent der verschwundenen Personen innerhalb von drei Tagen wieder auf. Bei Robert Zeller war dies aber nicht der Fall, der geschiedene vierzigjährige Mann, wurde zuerst von seinem Arbeitgeber, der Argentalklinik, und danach von seiner Freundin als vermisst gemeldet. Bei seinem Arbeitgeber, in dem „Klinik-Dorf" Neutrauchburg, hatte er seit Beginn seiner Tätigkeit vor zwölf Jahren, nicht einen einzigen Tag gefehlt.

Nicht nur sein unübliches Fernbleiben, sondern auch beunruhigende Äußerungen, die Zeller gegenüber von Kollegen gemacht hatte, nährten öffentliche Befürchtungen, an einem weiteren Verbrechen. Offenbar war Zeller in den vergangenen Wochen, ein paar Mal von einer anderen Person beobachtet worden.

In dem Bericht den die Polizei veröffentlichte, versuchte der Behördensprecher, den Fall zu verharmlosen und zu beschwichtigen, um jegliche neue Spekulationen, die manche äußerten, zu zerstreuen.

Bei immer mehr Leuten aus der Bevölkerung, machte der Begriff „Serienmörder", die Runde. Es war der zweite Fall in diesem Jahr, der vierte der letzten beiden Jahre, und sollte sich der Verdacht bestätigen, hatte nicht nur die Polizei, sondern auch die ganze Allgäuer Region, erstmalig in diesem Jahrhundert, „ihren Serienmörder". Nicht nur für die Bevölkerung ein großes Problem, sondern auch für die gesamte Touristikbranche, da solche negativen Schlagzeilen die Gästezahlen in drastischem Maße reduzierten. Bei beiden Fällen bestand keinerlei Zusammenhang, meinte die ermittelnde Kriminalpolizei aus Ravensburg. Serienmörder, so meinte der Polizeisprecher, arbeiteten immer nach einem gewissen „Strickmuster", dass die Kripo und auch Psychologen immer wieder betonten. In dem aktuellen Fall, konnten die Kriminologen noch keinerlei Profil erstellen, weil es eigentlich keine Spuren gab und vor allem (noch) keine Leiche.

Trotz alledem war ich mir sicher, dass das was die beiden „verfolgt" hatte, in beiden Fällen dasselbe war. Ebenso wie ich mir sicher war, das keiner der beiden noch lebte. Trotz der Erklärungen der „Profiler" erschien mir Unberechenbarkeit, zumindest manchmal, ein ebenso wahrscheinliches Motiv zu sein wie jedes andere auch. Vielleicht war es ja genau das, was der Täter erhoffte? Scheinbar kein Zusammenhang und demzufolge auch kein plausibles Motiv?

Wenn man nicht weiß, warum ein Mörder das machte, was er mit den Personen tat, machte ihn das noch umso bedrohlicher, weil es viel schwieriger war, ihn jemals zu fassen.

Aber es waren nicht nur die hypothetischen Motive des „vermeintlichen" Täters, die mich überzeugt hatten. Ich glaubte vielmehr, dass der Schatten den ich erst neulich bei uns gegenüber gesehen hatte, für die beiden Fälle hier auch verantwortlich war. Ich war mir sehr sicher, dass die Geschichte die Maria in dem Schreibzirkel erzählte, viel Wahres enthielt. Das der Schneeteufel, der jetzt auch vor meiner Tochter und vor meinem Zuhause auftauchte, Realität war. Das machte mir große Angst.

Es gab mit Sicherheit Zusammenhänge, zwischen dieser Geschichte in der Vergangenheit und dem jetzt. Aber sollte ich mich mit meinen Vermutungen jemandem anvertrauen, zum Beispiel der Polizei? Würde man mich nicht für verrückt erklären?

Ich hatte eine große Verantwortung gegenüber meiner Tochter. Jemand musste sie behüten und beschützen, allein schon weil sie keine Mutter mehr hatte. Was würde aus ihr werden, wenn auch noch ihr Vater fehlen würde? Zweifelsohne gab es nämlich schon eine Gemeinsamkeit, die die Opfer aufwiesen, obwohl die Polizei dies vermutlich anders sah. Die Personen waren nämlich alle in engem Radius von meinem Wohnort verschwunden. Darüber machte ich mir die meisten Sorgen.

19. Kapitel

Als ich am nächsten Tag zur Arbeit fuhr, holte ich mir zuvor beim Bäcker ein paar Nussschnecken. In der Bäckerei mit Stehcafe, keine fünfzig Meter von unserem Verlagsgebäude entfernt, holten viele Kollegen ihr Frühstück nach. Als ich zehn Minuten später an meinem Schreibtisch stand, war Paula Muth schon an ihrem Computer und schaute krampfhaft auf den Monitor. Paula war seit drei Wochen die neue Praktikantin und diese Woche bei mir im Büro. Wir teilten uns in der Regel zu zweit, in Ausnahmefällen zu dritt, ein zwanzig Quadratmeter großes Bürozimmer im 1.Stock.

„Guten Morgen Paula. Na, alles klar mit dem Bericht von gestern wegen der Allgäu-Rundfahrt?"

„Guten Morgen Peter. Ja, passt alles soweit. Wissen Sie schon das Neueste?"

„Was denn?"

„Man hat eine der beiden Vermissten gefunden?"

„Welche Vermissten?"

„Na die, die unter diesen mysteriösen Umständen verschwunden sind."

„Wen hat man gefunden?"

„Die Uhl wurde an den Argen bei Kleinweiler-Hofen gefunden."

Katja Uhl war die erste Vermisste, kurz nach unserem ersten Workshop-Abend. Sie war Mitte dreißig und als Medienberaterin beim Allgäuer Anzeigeblatt in Immenstadt zuletzt tätig gewesen. Was ich wusste von dem Bericht vor über zwei Wochen war, dass sie einen behinderten Mann daheim noch pflegen musste. Er hatte sich bei einem Snowboard-Unfall vor drei Jahren so schwer verletzt, dass er seitdem im Rollstuhl saß. Wer sollte sich jetzt um den Mann kümmern?

„Weiß man schon wie sie gestorben ist?"

Im Bericht im Internet steht, ihr wurde die Kehle aufgeschlitzt, dann hat sie der Täter anscheinend in die Argen geschmissen. Dort trieb sie eine Weile im Wasser, bis sie zwei Kinder beim Radeln gesehen haben. Der Radweg liegt oberhalb des Flusses.

„Mein Gott, dass ist ja grauenvoll", meinte ich. „Wer macht so was?"

„Im Augenblick heißt es, sie würden allen möglichen Spuren nachgehen."

„Das heißt soviel wie: Sie haben keinen blassen Schimmer wer das war."

„Solche Typen gehören echt auf den elektrischen Stuhl. Was meinen Sie Peter?"

„Typen? Sie glauben das war ein Mann?"

„Natürlich, was denken Sie denn? Oder ist Ihnen ein Fall bekannt, wo eine Frau eine andere aufschlitzt und sie dann ins Wasser schmeißt?"

„Nein, eigentlich nicht."

„Männer sind doch die gewalttätigen, kriminellen Elemente in unserer Gesellschaft. Wenn es wesentlich mehr Frauen gäbe, dann wäre auch die Verbrechensrate umso niedriger."

„Eine gewagte These Paula."

„Aber eine realistische."

Paula hatte nicht ganz Unrecht, die meisten Straftaten waren auf Männer zurückzuführen. Vor allem Serienkiller und Mörder waren zu neunundneunzig Prozent männlich, dass besagten alle Statistiken.

Wieder sah Paula angestrengt auf ihren Bildschirm. Sie musste eine interessante Quelle entdeckt haben.

„Der Profiler von der Kripo glaubt, dass sich hinter der Art wie die Leiche „präsentiert" wurde, eine Botschaft verbirgt.

„Eine Botschaft? Welche Botschaft?"

„Keine Ahnung, das steht hier nicht detallierter. Wahrscheinlich steht`s morgen in der Zeitung."

„Möchten Sie eine Nussschnecke Paula?"

„Nein danke. Sagen Sie mal, wohnte die Frau nicht bei euch in Burkwang?"

„Stimmt, ungefähr achtzig Meter von uns."

„Sie hatte auch ein Kind?"

„Ja ein Mädchen. Die Kleine ist ein Jahr älter als Sophie."

„Furchtbar, was wird jetzt mit dem Mädchen?"

„Das wird schwierig, zumal der Ehemann seit einigen Jahren im Rollstuhl sitzt."

„Die werden das Kind dann bestimmt ins Heim geben."

Das klingelnde Telefon unterbrach unsere Konversation. Unser Ressortleiter und mein unmittelbarer Vorgesetzter, Norbert Ferch, bat mich dringend, ihn in seinem Büro das einen Stockwerk über mir war lag, aufzusuchen. Ich sah meine Mails an und gab Paula Bescheid, dass ich nach oben ging.

Norbert Ferch, ein silbergrauhaariger Endvierziger mit Nickelbrille, die schon lange aus der Mode war, erwartete mich schon und sah mich mit ernstem Blick an.

„Setzen Sie sich Herr Kelly."

Sein Tonfall gefiel mir überhaupt nicht, irgendwas lag in der Luft. Das Verhältnis mit ihm war öfters angespannt.

„Herr Kelly, wie macht sich unsere Praktikantin?"

„Gut. Wollen Sie eine Bewertung von mir?"

„Nein eigentlich nicht, das reicht am Ende ihres Praktikums. Schön, dass sie mit ihr ganz gut auskommen."

„Deshalb bin ich aber nicht hier, oder?"

„Nein", sagte er zögerlich.

„Sondern, weshalb?"

„Herr Kelly, um es kurz zu machen. Ich habe leider sehr schlechte Nachrichten für Sie."

Ich bekam einen Kloß im Hals. „Welche?"

„Wie Sie wissen Herr Kelly, sind unsere Umsätze im Zeitungsgeschäft, aufgrund der aktuellen Trends seit drei Jahren rückläufig."

„Aber das Freizeitmagazin ist nach wie vor beliebt."

„Ja, die Auflage ist im Gegensatz zur Tageszeitung stabil geblieben. Das liegt aber daran, dass das Magazin nichts kostet. Es wird durch die Werbeanzeigen der Kunden und durch Quersubventionierung der Zeitung finanziert. Der Zeitung geht's aber nicht mehr so gut, und ein Viertel der Anzeigenkunden sind die letzten fünfzehn Monate auch weggebrochen. Diese Tablets, Smartphones, E-Books und dieser ganze Mist, machen uns schwer zu schaffen. Nach neuester Analyse sind die Abonnentenzahlen in den letzten fünf Jahren um fünfundzwanzig Prozent eingebrochen. Auch beim täglichen Verkauf ein ähnliches Bild. Kurzum, wir haben gut dreißig Prozent Leser verloren die letzten Jahre."

Ich wusste, worauf es rauslief.

„Das heißt es muss Personal eingespart werden?"

„Richtig Herr Kelly. Bei einer Sitzung letzte Woche haben wir leider beschlossen, dass sie gehen müssen!"

„Das ist nicht ihr Ernst Herr Ferch", sagte ich erregt.

„Doch leider."

„Bin ich der Einzige?"

„Nein. Von den vierundsechzig Angestellten müssen dreizehn gehen. Hören Sie Herr Kelly, ich weiß, dass wird sehr schwer für Sie, aber bei den anderen ist es ähnlich. Die Entscheidung ist uns bei der Besprechung bestimmt nicht leicht gefallen. Aber es kam mir auch von einigen ihrer Kollegen zu Ohren, dass sie bei der Arbeit unkonzentriert und nachlässig waren. Das hat auch mit dazu beigetragen."

Ich musste mich extrem zurückhalten, dass ich ihm nicht an die Gurgel ging. Ich konnte mir schwer vorstellen, dass andere Kollegen meine Arbeit bemängelten, ich vermutete, dass war eine Erfindung von ihm, um ein Argument zu haben. Dieser Typ war schon immer eine verlogene, schmierige Ratte.

„Wann muss ich gehen?", fragte ich zornig.

„Wie üblich, im Rahmen der gesetzlichen Kündigungsfrist. Sie bekommen eine Abfindung und können sich in aller Ruhe nach einer anderen Stelle umsehen. Und bedenken Sie: Wenn der Verlag wirklich mal in Insolvenz geraten sollte, was trotz der Entlassungen immer möglich wäre, bekommen die noch übrigen Mitarbeiter keinerlei Ablösungen aus der Insolvenz-Masse, sofern überhaupt eine vorhanden ist."

Jetzt versuchte der schleimige Typ es noch so aussehen zulassen, als könnte ich „von Glück sprechen", dass ich gehen kann. In mir brach eine Welt zusammen, wie sollte ich das Sophie und Alexa erklären?

„Haben Sie noch Fragen Herr Kelly?"

„Nein", presste ich mühsam hervor. „Nur noch einen Herzenswunsch."

„Und der wäre?"

„Der Teufel soll Sie holen Ferch!"

20. Kapitel

Am letzten Seminartag kam ich ein paar Minuten früher als sonst. Das Treffen fand diesmal wieder in Walter Pickerts Haus statt. Es war Mitte Mai, und nur noch in Lagen oberhalb von sechzehnhundert Meter war Schnee auf den Bergen zu sehen. Heute war der Inhalt des Seminars, wie ein richtiges Expose aussah, das als Vorlage einem Verlag zum Testlesen gegeben wird. Außerdem wie die Story aufgebaut wird und verschiedene Handlungsstränge miteinander verwoben werden. Und, das war mir eigentlich das Wichtigste: Das Finale unserer ganzen Kurz-Geschichten.

Ich fragte Pickert, ob er denn mit seinen „Schützlingen", im bisherigen Verlauf zufrieden war. Er antwortete diplomatisch, dass würde später im „Ermessen" des Lesers liegen. Aber er hob hervor, was wir eh schon alle ahnten, dass die Geschichte von Maria wahrscheinlich die besten Aussichten auf einen größeren Erfolg hätte.

„Deine Geschichte Peter", sprach er mir Mut zu, „hat aber durchaus Außenseiter-Chancen."

Ich tat so, als würde ich das glauben. Über die anderen Geschichten hielt er sich noch bedeckt, betonte aber, in seiner Schlussrede würde er alle noch kommentieren.

Um neunzehn Uhr waren alle pünktlich da, und lauschten den Worten des Meisters. Pickert erläuterte, was außer der eigentlichen Story, noch alles zu beachten wäre. Er meinte, dass 99 % der Hobby-Autoren an der Umsetzung scheitern würden, und das Schreiben eigentlich nichts anderes wie Handwerk wäre. Er sprach allen Mut zu, und betonte immer wieder, dass das lernbar wäre. Auch in reiferem Alter kamen immer wieder neue „Talente" hervor. Dann käme es natürlich auch darauf an, entdeckt zu werden, da viele Lektoren die die Manuskripte lasen, voreilig die Texte als unqualifiziert abstempeln würden. Dann war es soweit und er bat mich, den Rest meiner Geschichte vorzulesen. Nach dem Ende meines Vortrages setzte ein zögerliches Klatschen ein. Bestimmt aus Mitleid, ich selbst fand meine Geschichte nämlich „bescheiden". Nach mir kam Serge, der seine Horror – und Zombiegeschichten mit vielen Fehlern vortrug. Sollte er Erfolg haben, würde ich mich an den nächsten Baum hängen, seine Grammatik und Deutschkenntnisse waren nach zwanzig Jahren Aufenthalt in Deutschland, noch mehr als beschissen. Auch er bekam, wie auch die anderen die nach ihm folgten, einen „Höflichkeits-Applaus".

Dann war Maria an der Reihe, und ich stellte wieder unbemerkt von den anderen, mein Diktiergerät an. Als sie mit leiser Stimme begann, hätte man eine Stecknadel gehört, wenn sie denn auf den Boden gefallen wäre.

Marias Geschichte. Das Finale.

„In der nächsten Woche wurde die Schule wieder geöffnet, obwohl das zweite Mädchen verschwunden blieb und keine Spur zur Entdeckung des Täters führte.

Gundula musste sich in einem Krankenhaus in Kempten, wegen eines Darm-Verschlusses operieren lassen, und beabsichtigte nach der Entlassung, die einen Tag nach der OP war, noch bei ihrer Schwester in Durach zu verweilen. Daheim wäre das Risiko zu groß, dass sie ungewollt arbeiten würde. Ihr Mann Martin hatte nichts dagegen, da wie er meinte, der Hof auch von ihm alleine, drei Tage betrieben werden könnte. Er bestand sogar, auf ihre Genesung bei ihrer jüngeren Schwester. Auch wenn das Mädchen von der Aussicht auf Martins alleinige Aufmerksamkeit begeistert war, bereitete es ihr Sorge, dass sie nun nicht mehr zu dritt, sondern nur noch zu zweit waren, wenn auch nur für einige Tage. Vielleicht hatte das unsichtbare Band, das sie als Familie verbunden hatte, auch als Zauber – und Kraftfeld gedient, um den schrecklichen Mann, der schreckliche Dinge tat, fernzuhalten. Gundulas Fehlen könnte vielleicht eine geheime Tür öffnen.

Um ihrer Pflegeeltern willen, hatte das Mädchen ein schändliches Geheimnis bewahrt. Sie hatte in der Nacht einen Menschen begraben und die Albträume ertragen können. Aber sie war sich nicht sicher, ob sie die Tür vom Schneeteufel schließen konnte, wenn sie erst einmal geöffnet war.

Bald konnte man die Sorge mit jedem Blick und jeder Geste des Mädchens erkennen. So sehr sie sich auch bemühte, ihre Last zu verbergen, sie trug ihre Furcht wie einen Mantel. Martin kannte das Mädchen mittlerweile, glaubte er, zu gut, um es nicht zu bemerken. Und als er danach fragte, löste diese schlichte Frage eine Flut von Tränen aus. Sie erzählte ihm fast alles. Von dem schrecklichen Schneeteufel, der diese grausamen Dinge tat, und der früher nur in ihren Träumen lebte. Jetzt war er jedoch als schrecklicher Mörder in der realen Welt angekommen. Und sie sagte ihm ihre Vermutung, dass der Teufel die beiden Mädchen aus der Stadt nur geholt hatte, weil sie ihr ähnlich waren und genauso aussahen wie sie.

Sie erzählte ihm aber nicht was sie im Stall gesehen hatte, und was sie dann damit machte. Nachdem das Mädchen fertig mit erzählen war, sagte Martin lange Zeit nichts. Als er schließlich seine Worte wieder fand, erklärte er ihr überraschend, dass das was sie gesehen hatte, nicht sein konnte.

Aber dann verblüffte er sie: „Ich habe ihn auch gesehen", sagte der alte Mann. Das Mädchen konnte es kam glauben. Wie sah er dann in Martins Augen aus? Wo hatte er ihn gesehen?

„Ich könnte ihn dir genauso wenig beschreiben, wie ich sagen könnte, welche Gestalt der Wind hat", sagt er ihr. „Es ist etwas was ich gespürt habe. Er streicht um unser Haus, als ob das, wonach er sucht, hier drinnen ist. Er kann jedoch nicht eindringen. Noch nicht."

Das Mädchen grübelte, vielleicht sollte sie „zu ihm" gehen? Wenn der Teufel nur sie wollte, warum sollte sie riskieren, dass er weiteren Mädchen etwas antat? Oder, vielleicht sogar – Gundula und Martin?

„So darfst du nicht reden", flehte Martin sie an. „Verstanden? Niemals! Solange ich und Gundula leben, wird er dich nicht bekommen. Und wenn ich nicht mehr da bin, musst du ihm trotzdem widerstehen. Versprichst du mir das?"

Das Mädchen versprach es, aber was blieb ihr übrig? Das Mädchen konnte sich nicht vorstellen, wie sie gegen den Schneeteufel was bewirken konnte. „Wie kann man etwas töten, was vielleicht schon tot ist?", fragte sie sich. „Ich weiß nicht, ob er noch lebt oder tot ist", sagte Martin zu dem Mädchen, „aber ich glaube, ich kann dir sagen, wer der schreckliche Mann ist."

Martin fasste das Mädchen an den Schultern an, als wollte er sie vor einem Sturz bewahren.

„Es ist dein Vater!", sagte er.

Nachdem Martin sie nicht bei ihrer Schwester in Durach abgeholt hatte, fuhr Gundula am Sonntagabend mit dem Taxi nach Hause und fand das Bauernhaus leer vor. Die Hintertür stand weit offen. Wenn jemand dort hinein – oder hinausgegangen wäre, ließe sich das nicht mehr feststellen. In den letzten achtundvierzig Stunden, war die ganze Region unter einer siebzig Zentimeter dicken Schneedecke versunken. Ein gewaltiger kalter Tiefausläufer, der mit aller Macht den bevorstehenden Winter ankündigte. Es war die letzte Novemberwoche, und die ersten Räumfahrzeuge versuchten, die Schneemassen an die Seiten zu schieben.

Mögliche Spuren wären längst verweht. Gundula befiel eine dunkle düstere Vorahnung, zumal bei mehreren Anrufen die sie von ihrer Schwester aus tätigte, weder Martin noch das Mädchen an das Telefon gingen. Bevor sie mit dem Taxi losfuhr, rief sie deshalb die Polizei in Sonthofen an. Als das Taxi ankam, war die Polizei bereits vor Ort und erwartete sie. Gundula beschwor sie voller Panik das Mädchen zu finden. Sie mussten nicht lange suchen, sie saß zusammengekauert in der letzten Box des Kuhstalls. Sie hatte glasige, apathische Augen und war schon blau gefroren. Sie zitterte vor Unterkühlung, weil sie vermutlich viele Stunden in der Kälte verbracht hatte. Man fragte das Mädchen, wo denn ihr Adoptiv-Vater wäre, worauf sie in Ohnmacht fiel.

Man schätzte ihre Überlebenschancen auf „fifty-fifty". Drei schwarze erfrorene Zehen mussten ihr amputiert werden. Während sie schlief im Krankenhaus, wurden ihre Gehirnströme gemessen, um festzustellen, welche Regionen im Kopf vielleicht dauerhaft geschädigt blieben. Aber das Mädchen starb nicht und regenerierte zum Erstaunen der Ärzte unglaublich schnell. Fünf Tage später nachdem sie eingeliefert wurde, war sie wieder fast vollständig genesen. Jedoch benahm sie sich den Ärzten und Pflegern gegenüber merkwürdig, und wollte mit niemandem sprechen. Nur Gundula gegenüber offenbarte sie sich. Aber auch bei Gundulas Besuch im Krankenhaus, erzählte sie wenig über die Geschehnisse der letzten Tage. Die Ärzte sprachen von „traumatischen Erlebnissen", die die Psyche des Kindes wahrscheinlich angegriffen hätten. Gundula schirmte das Mädchen gegen die Fragen der Polizei ab, und stellte ihre Sorge um ihren Mann, hinter das Schutzbedürfnis des Mädchens zurück.

Die Polizei musste deshalb ohne die Hinweise des Mädchens nach Martin suchen. Nachdem feststand, dass Martins Auto das ganze Wochenende auf dem Hof geparkt hatte, und es weder Spuren eines Kampfes noch einen Abschiedsbrief gab, konzentrierte sich die Suche der Polizei auf die angrenzenden Waldstücke. Das unaufhörliche Schneetreiben erschwerte die Suche zusätzlich. Auch der Polizeihubschrauber hatte mit Sichtproblemen zu kämpfen und sah nur die Felder und weißen Schneeflächen die die Region verwandelt hatten. Auch die eingesetzte Hundestaffel konnte nichts wittern und keine Spuren finden. Am fünften Tag wurde die Suche, aufgrund der Hoffnungslosigkeit der Lage eingestellt. Der Einsatzleiter meinte, dass wenn er wirklich irgendwo da draußen wäre, könnte er un- möglich überlebt haben.

Nach einer Woche beruhigte sich der Schneefall und die befürchtete Schreckensmeldung kam. Ein anderer Landwirt, der zweihundert Meter von den Becks entfernt hauste, entdeckte den Leichnam, zwei Kilo- meter vom Anwesen von Gundula und Martin entfernt. Er lag auf dem Bauch und hatte beide Arme zur Seite ausgebreitet. Außer Schnittwunden an den Armen, Beinen und dem Gesicht, wurden keine nenneswerten größeren äußerlichen Verletzungen festgestellt. Sie stammten laut Gerichtsmediziner, nicht von einem Messer, sondern von Ästen an denen er gestreift war. Er trug Gummistiefel und einen Anorak mit Kapuze. Die Todesdiagnose lautete offiziell;

„Tod durch Erfrieren nach einem Zusammenbruch infolge von Erschöpfung."

Der Gerichtsmediziner war sehr erstaunt, dass ein Mann mit Anfang siebzig, überhaupt soweit gekommen sei. Ein Zweikilometer-Lauf bei Eiseskälte und starkem Schneefall der die Sicht zusätzlich erschwert hatte. Dazu könnte nur jemand in der Lage gewesen sein, der in einem Zustand größter Panik gewesen war. Die Polizei stellte sich deshalb nur eine Frage:

War Martin hinter jemand hergelaufen oder wurde er womöglich zu Tode gejagt? Wäre er der „Verfolger" gewesen, welche Beute hätte ihn, bekleidet wie er war, bei diesem heftigen Schneefall in den Wald gelockt? Und wenn er der „Verfolgte" war, was hatte ihn so extrem erschreckt, soweit zu laufen, dass er schließlich zu Boden sank, ohne das jemand Hand an ihn gelegt hatte?

Sie ahnten, ohne die Hilfe des Mädchens würden sie die Antwort wahrscheinlich nie bekommen. Bei der Polizei war man sich schlussendlich einig, dass es entweder das perfekte Verbrechen war oder Martin jagte jemandem hinterher, den es gar nicht gab. Außer seinen eigenen, wurden keinerlei weitere Spuren gefunden. Die Spurensicherer meinten, dass wenn es jemanden noch gab, hätte man trotz des nachfolgenden Schneefalls noch

Spuren entdeckt.

Und das Mädchen sprach nie mehr darüber, trotz des Einsatzes von Therapeuten. Ein extrem emotionales Trauma, mit eventuellen Gedächtnislücken, meinte der behandelnde Arzt. So etwas könnte ein Mädchen aber auch für immer sprachlos machen. Ihr Therapeut meinte sogar, die Erfolgsaussichten, dass das Mädchen was Brauchbares sagt, läge so hoch, wie wenn man die verschneiten Bäume im Wald fragen würde.

Sie täuschten sich aber alle!

Das Mädchen hörte nicht nur alles, sondern verstand auch sehr genau was sie gefragt wurde. Sie tat, als ob sie taub und traumatisiert wäre. Sie entschied, dass es Dinge auf der Welt gab, über die man nicht sprechen konnte. Aber sie beschloss, alles was sie wusste, in anderer Form genau festzuhalten. Sie würde es irgendwann einmal aufschreiben. Später, wenn sie älter und alleine war, würde sie die Wahrheit erzählen, und sei es nur für sie selbst.

Sie wusste sogar schon, wie der Anfang lauten würde, wenn sie einmal ein Buch schreiben würde:

„Es war einmal ein kleines Mädchen, das wurde verfolgt vom Schneeteufel."

21. Kapitel

„Region in Panik!", so lauteten die Schlagzeilen der örtlichen Tageszeitungen. Und sogar die seriöse Süddeutsche Zeitung titelte: „Das Grauen hat es jetzt auch die Provinz erfasst!"

Anlass war, der Fund der dritten Leiche innerhalb weniger Wochen im Landkreis Ravensburg. Ich las die Artikel und mir schauderte, als ich die Berichte las. Zwei Wochen war es jetzt her, dass unser letzter Autoren-Zirkel nachträglich mit einem Abendessen im „La Perla" in Weingarten gefeiert wurde. Kaum zu glauben, aber Walter Pickert hatte, nachdem der Abend damals zu Ende war, alle die Lust und Laune hatten, für das darauf folgende Wochenende eingeladen. Alle kamen, bis auf einen. Serge. Er entschuldigte sich, wie er per SMS mitteilte, aufgrund einer Erkältung. Ehrlich gesagt, ich glaube niemand hatte es bedauert. Ich hatte bewusst darauf verzichtet, den anderen mitzuteilen, dass ich einige Tage zuvor meine Kündigung erhalten hatte. Nicht einmal Sophie oder Alexa erzählte ich es, nur meinem besten Freund Paul Glaser.

An dem Abschlußabend hatte ich das Gefühl, Maria würde sich stärker für mich interessieren, als bei den ganzen Abenden mit unserem Schreibzirkel. Sie sah mir häufig tief in die Augen und legte ungewöhnlich oft, ihre zarte weiche Hand auf meinen Unterarm. Damit nicht jeder am Tisch mitbekam, dass ich ihre Nummer wollte, folgte ich ihr einmal auf die Toilette. Ich wusste nicht, ob es noch eine weitere Gelegenheit an diesem Abend gab. Mir war zwar bekannt, dass Pickert alle Nummern hatte, aber den wollte ich bestimmt nicht fragen. Bei Recherchen zuvor, hatte ich weder über die Auskunft noch über Google, eine Nummer von ihr herausbekommen. Erstaunlich bei ihrer Villa, aber genau diese „Wohlhabenden", hatten häufig eine geheime Nummer.

„Kann ich deine Handy-Nummer haben Maria?", fragte ich sie, nachdem ich sie am Eingang der Damentoilette abgepasst hatte.

„Natürlich Peter", antwortete sie, als wäre es das natürlichste der Welt. Ich speicherte ihre Nummer auf meinem Samsung ab und gab ihr im Gegenzug meine.

„Ich wollte nicht, dass es jeder am Tisch mitbekommt", klärte ich sie auf.

„Warum? Wäre es so schlimm, wenn die anderen wüssten, dass wir in Zukunft noch Kontakt halten wollen?"

„Eigentlich nicht, aber du weißt ja, es wird einem immer gleich ein Verhältnis angedichtet."

„Na wenn du meinst, dann gehen wir jetzt besser zurück", sonst geraten wir noch in „Verdacht", meinte sie lächelnd und gab mir ein Bussi auf die Wange.

Sie werden es sich denken können, dass war der Beginn einer Affäre, denn jetzt, vierzehn Tage später, sind wir bereits schon viermal bei ihr im Bett gelandet. Es war für mich das erste intime Verhältnis mit einer „Anderen", seit dem Tod meiner Frau. Aber Paul, mein bester Freund, redete schon seit vielen Monaten auf mich ein, mir mal wieder was „fürs Bett" zusuchen, zuviel Selbstbefriedigung könnte der Psyche schaden. Ich weiß nicht ob das stimmt, aber Paul lag sehr häufig richtig. Im Gegensatz zu mir, war er, wenn er liiert war, häufig fremdgegangen. Vielleicht gab er aber auch nur damit an. Die meisten oder fast alle diese Affären, waren mir gar nicht persönlich bekannt, nur aufgrund seiner Schilderungen.

Bei Maria verzichtete ich darauf, sie vorschnell mit zu mir heimzunehmen, solange ich mir nicht hundert Prozent sicher war. Ich hatte immer das Gefühl wenn ich bei ihr war, dass sie eigentlich mehr Vergnügen suchte, als eine feste Partnerschaft. Eigentlich würde sie besser zu Paul passen.

Als ich am Vormittag den Fernseher einschaltete, zuckte ich zusammen. Nicht nur bei uns in der Presse, sondern mittlerweile auch NTV, der SWR und das Bayerische Fernsehen, berichteten vor Ort, von einer dritten toten Person. Und das Unglaubliche; die Leiche war diesmal ein Mann und wurde auf dem gleichen Spielplatz entdeckt, wie die Frau vor einigen Wochen! Nur das er nicht entführt, sondern gleich irgendwann in der Nacht abgeschlachtet wurde! In einer Art und Weise, die fast unbeschreiblich ist. Der Typ der das getan hatte, musste wirklich schwer gestört sein. Der Tote hatte keine Augen mehr, und der abgetrennte Kopf, lag zwei Meter neben dem Rumpf auf der Rutsche. Der hiesige Polizeisprecher sagte, dass die Frau die die Leiche entdeckte, einen Zusammenbruch erlitt und seitdem psychisch betreut werden musste. Mein Appetit auf Nussschnecken wurde dadurch wieder angeregt, als ich hörte wie der tote Mann hieß. Wenigstens hatte es diesmal den „Richtigen" getroffen.

Ich schaltete den Fernseher und Radio aus, und schrieb Alexa einen Zettel, dass ich versuchen würde zu schlafen, und nicht mehr gestört werden wollte. Die letzten Nächte hatte ich verdammt schlecht geschlafen, da half auch der Sex mit Maria nichts dagegen. Außerdem hatte ich heute frei, und abgesehen davon, eh keinen Bock mehr zur Arbeit zu gehen. Schließlich hatte man mir gekündigt.

Mit einer Schlaftablette gelang es mir, fast sechs Stunden zu schlafen, sodass ich um 17.00 Uhr noch Sophie etwas bei den Hausaufgaben helfen konnte. Danach drückte ich mir noch einen Müsliriegel hinter die Kiemen, und fuhr ins Fitnessstudio. Es war nicht allzu viel los. Ich absolvierte das Krafttraining, machte erstmals „Zumba" mit, und ging dann noch eine Stunde in die Sauna. Kurz nach zwanzig Uhr dreißig, schmiss ich meine Sporttasche ins Auto und fuhr nach Hause. Es war noch nicht ganz dunkel und die Temperaturen hatten jetzt im Mai, Gott sei Dank, deutlich zugelegt. Auf dem Hochgrat auf knapp 1800 Meter Höhe, lag noch eine dünne Schneeschicht.

Als ich meinen Wagen vor der Garage abstellte, fiel mir auf, dass jemand auf dem Rasen gelaufen war. Ich hatte gestern erst gemäht und das Gras war noch feucht. Es sah so aus, als wäre jemand mit verdreckten, stark profilierten Stiefeln auf dem Rasen spaziert. Es waren große feste

Abdrücke, der Mann musste mindestens ein Gewicht von hundert Kilo haben. Als ich mit meinen Puma-Sportschuhen in die Spur trat, stellte ich fest, dass der Mann vermutlich Schuhgröße 48 haben musste, ich selbst hatte schon 46. Wer lief mit so großen Füßen auf unserem Rasen? Ich versuchte zu verfolgen, wohin die Spur führte. Mein Haus hatte zwei Eingänge, einen vorne zur Hauptstrasse und einen Hintereingang, der neben der Einliegerwohnung von Alexa war. Hier war auch der rückseitige Eingang zum Keller. Ich merkte wie ich eine Gänsehaut bekam und meine Hände zu zittern begannen. War hier ein Fremder eingedrungen oder hatte Alexa vielleicht einen neuen Freund, der sehr groß war, und von dem ich noch nichts wusste?

Ich schlich zur Kellertür und drückte ruckartig die Klinke. Verschlossen! Hier war niemand rein, von innen konnte man nicht schließen. Ich ging wieder ums Haus, stellte meinen Wagen in die Garage und sah mich um in meiner „Gerätekammer". Von meinen Gartenwerkzeugen nahm ich eine kleine Axt mit, damit ich für den Notfall gewappnet war. Als ich fest den Griff umschloss, ging mein Puls wieder spürbar runter. Das Teil hatte eine durchaus blutdrucksenkende Wirkung bei mir. Von meinem Naturell her, war ich ein sehr gutmütiger, sanfter Mensch. Aber sollte sich ein Fremder, Alexa oder vor allem meiner kleinen Tochter nähern, um ihnen Böses zu tun, war ich zu allem entschlossen. Und wenn ich ihm den Kopf abhacken müsste! Ich schlich zur Eingangstür, sollte sich jemand im Eingangsbereich bewegen, schaltete sofort die Lampe über der Tür ein. Erst jetzt sah ich was Beunruhigendes, als der Lichtschein auf die Klinge des Beils fiel.

Die Klinge war an der Spitze rot. Blut!

Jemand hatte die Axt während meiner Abwesenheit benutzt, es gab keine andere Erklärung. Als ich mich mit meiner Hand der Türklinke näherte, merkte ich, dass ich wieder zu zittern anfing. Ich musste versuchen, die Ruhe zu bewahren und die Nerven zu behalten. Wer weiß, was mich im Haus erwartete?

Oder litt ich vielleicht aufgrund der schrecklichen Vorkommnisse und der Geschichte von Maria schon unter Paranoia? Ich hielt die Axt auf Kopfhöhe, jederzeit zum Schlag bereit mit der rechten Hand. Mit der linken fasste ich die kalte Türklinke an, und merkte erst jetzt, dass die Tür leicht offen stand.

In meiner Brusttasche steckte mein Handy, sollte ich die Polizei anrufen, bevor ich mein eigenes Haus betrat?

Ich verwarf den Gedanken wieder und schlich auf Zehenspitzen in den Flur, und versuchte, so gut es ging, lautlos zu sein. Als ich im Gang stand, machte ich das Licht an, und registrierte einen Schatten, den ich auf dem spiegelnden Boden wahrnahm. Ich holte mit dem Arm noch weiter nach hinten aus und drehte meinen Oberkörper blitzschnell zur Seite. Ich erschrak, als ich sah, wer in der Ecke stand. Mit weit aufgerissenen Augen und die Hände vor dem Gesicht stand Sophie vor mir, und zitterte vor meinem Anblick.

„Papi, bitte tue mir nichts", presste sie mühsam hervor.

„Mein Gott Sophie, was machst du hier? Du hättest mich beinahe zu Tode erschreckt!"

„Ich wollte dich doch nur überraschen, und mich hinter der Gardarobe verstecken", antwortete sie und begann zu weinen.

Ich legte die Axt auf den Boden und nahm sie in meine Arme. „Sophie, mein Schatz. Ich war nur in Sorge weil ich Spuren sah und die Tür offen stand."

Sie presste sich an mich und ihre Tränen befeuchteten meine Wangen. Ich strich ihr über das Haar und fragte sie: „Wo ist übrigens Alexa?"

„Sie hat sich im „Aquaria" mit dem Bademeister ange-freundet, der vor einer halben Stunde kam."

22. Kapitel

Anfang September, 2014. Stadtkrankenhaus Ravensburg, Zimmer 38. Drei Monate vor Sophies Verschwinden.

Ich schlug meine Augen auf, und sah zuerst nur etwas verschwommenes, als ich nach oben starrte. Es war die weiße Zimmerdecke, die sich zögernd klarte. Langsam kam ich wieder zu Sinnen, und fragte mich, was mach ich hier? Wurde ich überfallen und niedergeschlagen?

Als ich mich aufrichten wollte, durchzuckte ein stechender Schmerz meine Brust und meinen Kopf. Ich tastete mit meiner rechten Hand zur Stirn und fühlte den Verband. Auch rund um meinen Oberkörper spannte sich ein breiter Verband um meinen Brust – und Rippenbereich. Ich sah mich um und entdeckte niemanden mehr im Zimmer. Gegenüber von mir stand ein unbenutztes Bett, ich lag in einem Zweibettzimmer. Auch um meinen linken Oberarm und das Handgelenk war ich bandagiert. Solche Verletzungen konnten nicht von einem Überfall stammen, ich hatte bestimmt einen Unfall. Krampfhaft versuchte ich mich an die letzten Stunden und Tage zu erinnern. Wie lang lag ich schon hier?

Ich sah aus dem Fenster und die Sonne versuchte sich gegen die milchige Wolkendecke zu kämpfen. Dann sah ich die Wanduhr oberhalb der Tür, zehn Minuten vor neun.

Fünfzehn Minuten später ging die Tür auf, als ich gerade die Schublade meines Schrankcontainers durchforstete. Ein schlanker Mann mit weißem Kittel, Ende vierzig und eine junge vollschlanke Frau betraten das Zimmer.

„Guten Morgen Herr Kelly. Ich bin Dr. Schäpe und das ist Schwester Nicole. Wie fühlen Sie sich?"

„Morgen Herr Doktor, gut soweit. Nur leichtes Stechen und Ziehen in der Brust und an der Stirn. Seit wann bin ich hier, was ist mir passiert?"

„Sie wurden vor vier Tagen eingeliefert, seitdem waren Sie bewusstlos. Sie wurden aus einem Autowrack geborgen."

„Was? Aus einem Auto? Wo?"

„Anscheinend befanden Sie sich auf einer Fahrt am Bodensee, zwischen Bodman und Ludwigshafen."

„Sophie! Was ist mit meiner Tochter?"

„Soviel ich weiß, geht's ihrer Tochter gut. Keine Sorge, sie war nicht im Auto. Ihr Kindermädchen wurde gleich bei ihrer Einlieferung informiert. Die Nummer fanden wir in Ihrer Brieftasche. Sie hat dann Ihre Tochter unterrichtet, dass sie einen kleinen Unfall hatten mit leichten Verletzungen, damit Sophie nicht beunruhigt ist. Vermutlich werden sie die beiden die nächsten Tage besuchen."

„Was habe ich für Verletzungen?"

„Eine mittelschwere Gehirnerschütterung, die aber keine bleibenden Schäden verursachen wird, sowie zwei Rippenbrüche, Schulterprellung, verstauchtes Handgelenk und einige kleinere Schnittwunden."

„Wie lange muss ich noch hierbleiben?"

„Hängt vom Genesungsverlauf ab. Ich schätze mal noch sechs bis acht Tage."

„Was ist mit dem Fahrzeug passiert?"

„Totalschaden. Ein Kran musste es am Ufer bergen. Es steht momentan anscheinend in einer Werkstatt in Ludwigshafen."

„Ich kann mich an den Unfall und die letzten Tage überhaupt nicht erinnern."

„Das ist nicht ungewöhnlich. Viele Unfälle in dieser Art haben einen Gedächtnisverlust zur Folge. Aber keine Angst, in 97 % der Fälle kommt die Erinnerung wieder. Manchmal schon nach wenigen Tagen, in selteneren Fällen nach einigen Monaten."

„Was hab ich für Sachen dabei gehabt?"

„Bei ihrem Unfall meinen Sie?"

„Ja."

„Die Bekleidung die hier im Schrank hängt, Handy, Geldbörse, Uhr und eine Sonnenbrille."

„Was haben wir heute für einen Tag in welchem Monat?"

„Es ist Donnerstag, der 4.September 2014."

„September?", fragte ich ungläubig.

„Ja September, was dachten Sie denn?"

„Ich kann mich an den ganzen Sommer nicht mehr erinnern, nur an ein Treffen im Mai."

„Im Mai? Dann haben sie eine Lücke von einigen Monaten. Aber wie gesagt keine Sorge, die Erinnerungen werden ziemlich sicher wieder kommen."

Schwester Nicole betrachtete meine Verbände und meinte: „Da, wo sie vorher die Schublade aufgezogen haben, liegen Schmerztabletten. Nehmen sie die, wenn die Schmerzen nicht mehr erträglich sind. Ich werde in einer Stunde die Verbände wechseln."

Dr. Schäpe wollte sich abwenden und meinte, bevor er an der Tür stand:

„Morgen werden wir nochmals eingehend den Kopf und die Rippen begutachten. Ich muss jetzt ins nächste Zimmer, haben Sie noch einen Wunsch? Mit dem Fernseher und Radio hier kennen Sie sich ja bestimmt aus. Ansonsten hilft Ihnen die Schwester."

„Wo ist meine Handy?"

„Wie mir der Pfleger sagte, der sie hereinbrachte, ist es zertrümmert worden bei dem Aufprall. Benutzen Sie das Tischtelefon hier zum telefonieren. Vielleicht können Sie ihrem Kindermädchen sagen, wenn sie kommt, dass Sie Ihnen ein anderes bringt. Ihre Sim-Karte liegt im Schrank."

„Letzte Frage noch, Dr. Schäpe?"

„Ja, fragen Sie."

„War ich alleine im Auto?"

„Nein, es war noch jemand dabei im Fahrzeug."

„Wer? Was ist der Person passiert?"

„Tja, diese Person kam leider nicht so glimpflich davon wie Sie. Übrigens war es eine Frau. Vermute ihre Freundin."

„Wo liegt Sie?"

Er kratzte sich an seinem silbergrauen vollen Haar und zögerte mit der Antwort.

„Das Krankenhaus hätte für diese Person leider nichts mehr genützt. Sie wurde tot aus dem demolierten Wrack geborgen. Übrigens, nicht Sie sind gefahren, sondern ihre Begleiterin. Sie hieß nach unseren Unterlagen Maria Kovac, und war vermutlich schon tot, bevor der Rettungsdienst und der Notarzt eintraf."

23. Kapitel

Einen Tag später.

Ich lag auf meinem Krankenbett, und las aus den Bodensee-Nachrichten, die mir die Schwester gütigerweise mit dem Frühstück gebracht hatte. Es war neun Uhr dreißig und beim Blick aus dem Fenster sah ich einen wolkenverhangenen Himmel. Am Abend zuvor hatte mir beim Verbandwechsel die Schwester erklärt, dass ich bei meiner Einlieferung einige kleinere Glassplitter in der Haut stecken hatte, deshalb trug ich auch ein halbes Dutzend Pflaster, schön in meinem ganzen Gesicht verteilt. Vermutlich war ich im Wagen gegen die Scheibe gestoßen bei dem heftigen Aufprall.

Mittlerweile war ein Teil meiner Erinnerungen zurückgekehrt, deshalb wusste ich natürlich wieder wer Maria war. Mir war es aber schleierhaft, was wir beide vorhatten. Planten wir einen Ausflug? Über ihr Buch, das Verhältnis zu ihr und die erotischen Stunden konnte ich mich wieder erinnern. Aber über die letzten Monate fiel mir beim besten Willen nichts ein. Was hatte ich den ganzen Sommer über gemacht?

Schwester Nicole meinte bei meiner Nachfrage, dass würde sich vermutlich heute klären, da sich Besuch um elf Uhr bei mir ankündigt hatte. Sie verriet mit nicht um wen es sich handelte, keine Ahnung, was die Geheimniskrämerei zu bedeuten hatte.

Kurz nach elf Uhr wusste ich es, als jemand an meine Zimmertür klopfte. Ein Mann und eine Frau, beide so Anfang vierzig, betraten mein Zimmer. Zögerlich gingen sie auf mein Bett zu, bevor der hagere Mann das Wort ergriff.

„Guten Morgen Herr Kelly. Mein Name ist Kleinheinz und das ist meine Kollegin Wintergerst von der Kripo Ravensburg. Wie sind beide Hauptkommissare und würden Sie gern ein paar Minuten sprechen."

Verwundert rieb ich mir die Augen. Dann der Schreck, hoffentlich war Sophie nichts passiert?! Was wollte die Polizei von mir und dann auch noch die Kripo?

„Gut, schnappen Sie sich die beiden Besucherstühle am Fenster. Ich weiß ja nicht wie lang es dauert?"

„Das wird sich gleich zeigen", meinte Kommissarin Wintergerst und blickte mich mit grimmigem Blick an. Sie trug einen dunkelblauen, eleganten Hosenanzug und ihr langes Haar hatte sie zu einem Zopf gebunden. Sie erinnerte mich an Demi Moore.

„Na, dann bin ich mal gespannt. Ihre finsteren Blicke verheißen ja nichts Gutes."

„Zuallererst mal das Wichtigste, wie geht's Ihnen heute?", fragte Kleinheinz und versuchte dabei ein freundliches Gesicht zu machen.

„Gut, wobei mir bei ihrem Besuch wieder der Puls und Blutdruck in die Höhe geht."

„Unser Besuch lässt sich leider nicht vermeiden. Es geht um ihren Unfall", setzte die Wintergerst das Gespräch fort. „An was können Sie sich noch erinnern, zu dem Hergang des Geschehens?"

„Leider an gar nichts. Als ich gestern hier aufwachte, hatte ich einen Filmriss, nicht nur zu dem Unfall, sondern zu den letzten vier Monaten."

Beide musterten mich, als wollten sie dieser Aussage keinen Glauben schenken. Sabine Wintergerst zog einen Notizblock aus ihrer Tasche und fragte weiter:

„Das heißt, Sie können sich auch nicht an die Dame erinnern die mit Ihnen im Auto saß?"

„Doch mittlerweile schon, der Arzt hier sagte mit ihren Namen."

„In welchem Verhältnis standen sie zu der Frau?"

Im letzten Moment, ich wusste nicht warum, vermied ich es anzusprechen, dass wir uns über den Schreibzirkel kannten. Ich entschied mich für eine andere Variante.

„Wie kennen uns seit ein paar Monaten, beziehungsweise „kannten". Wir hatten uns vor einem halben Jahr beim Langlaufen in Isny kennengelernt."

„Und Sie wissen nicht mehr was sie gemeinsam am Bodensee vorhatten?"

„Nein, sagte ich doch schon. Vermutlich einen Ausflug, dass ist ja an einem Sonntag nicht so ungewöhnlich, oder?"

„Nein, natürlich nicht", entgegnete Kleinheinz. „Und ihre Bekanntschaft zu Frau Kovac, war intensiver Natur?"

„Ich weiß nicht, was bei Ihnen „intensiver Natur" sein soll? Wie waren schon häufiger im Bett miteinander, und pflegten auch unsere anderen Freizeitinteressen, falls Sie es genau wissen wollen."

„Es gibt einige mysteriöse Aspekte zu dem Unfall, deshalb sind wir hier Herr Kelly."

„Mysteriöse Aspekte? Mein Gott, was war an dem Unfall so seltsam?"

„Zum Beispiel", antwortete die Wintergerst, „dass sie angeschnallt waren und die Fahrerin nicht."

„Fahrerin? Ich wusste nicht mal mehr wer gefahren ist, ich schwör`s."

„Hatten Sie jemals größeren Streit mit Frau Kovac?"

„Hören Sie, wie oft soll ich noch sagen, dass ich mich an die letzten Monate nicht mehr erinnern kann. Vielleicht hatte ich mal Streit mit ihr, vielleicht auch nicht. Glauben Sie, ich hatte was mit dem Unfall zu tun, weil wir im Fahrzeug gestritten haben?"

„Möglich ist alles Herr Kelly", antwortete Kleinheinz. „Wir müssen allen Möglichkeiten nachgehen. Die Polizei-Inspektion hat den Fall an die Kripo weitergegeben.

„Warum an die Kripo? Das ist doch Sache der Verkehrspolizei? Es handelt sich doch hier nicht um ein Verbrechen, oder?"

„Nein, aber es könnte mit einem zutun haben."

„Wie meinen Sie das? Mit welchem?" Langsam gingen mir die beiden auf den Sack.

„Wissen Sie noch, in welchem Haus Frau Kovac wohnte und ob Sie dort vor der Fahrt an den Bodensee waren?"

„Ja, ich erinnere mich an das Haus. Ob wir vor der Abfahrt dort waren kann ich Ihnen aber nicht sagen."

Nachdenklich betrachteten mich beide und schienen zu überlegen, was sie als nächstes sagen sollten. Schwester Nicole kam fast lautlos und unbemerkt ins Zimmer.

„Herr Kelly muss in zehn Minuten zur Physiotherapie, wegen seiner Verstauchungen und Prellungen. Das ist wichtig, ich begleite ihn dorthin", meinte sie.

„Alles klar, wir sind gleich fertig", antwortete Kleinheinz. „Eigentlich nur noch zwei Fragen an Sie Herr Kelly."

Mir fiel ein Stein vom Herzen, endlich war ich die beiden gleich los. Ich befürchtete nur, das war nicht ihr letzter Besuch. Irgendwas kam noch.

„Sie wissen also nicht mehr, ob Sie im Haus von Frau Kovac vor Ihrer Abfahrt waren?"

„Sagte ich bereits."

„Na wenigstes weiß es ein Nachbar."

„Ein Nachbar von Maria?"

„Ja. Er hat sie um zehn Uhr dreißig vom Balkon aus gesehen, wie sie gemeinsam ins Auto stiegen."

„Na, das ist ja nichts Neues. Sie wissen doch bereits das wir gemeinsam auf Tour waren."

„Nur waren sie nicht zu Zweit im Haus, sondern zu Dritt, daran können Sie sich bestimmt auch nicht mehr erinnern, oder?"

„Nein, wer soll das gewesen sein? Hat das auch dieser Nachbar gesehen."

„Nein, aber wir haben den Dritten gefunden."

„Na prima, dann können Sie ja den fragen, was wir zu Dritt im Haus so getrieben haben."

„Wir würden ihn liebend gern fragen."

„Und warum tun Sie`s dann nicht, anstatt mir hier ein Loch in den Bauch zu fragen?"

„Er kann nicht mehr reden."

„Wie meinen Sie das? Warum kann er nicht mehr sprechen? Ist er krank?"

„Nein, weil wir ihn tot mit aufgeschlitzter Kehle im Haus gefunden haben."

24. KAPITEL

Frankfurter Buchmesse, Mitte Oktober 2014. Sieben Wochen vor Sophies Verschwinden.

Es war das fünfte Interview, dass ich in den letzten zwei Tagen auf der Messe gab, und ich war mir nicht sicher, ob das was ich von mir gab, noch Sinn ergab. Es war Samstagnachmittag.

Ein Mitarbeiter der „Frankfurter Allgemeinen" wollte ein dreiseitiges Portrait. Eine Film-Crew aus Frankreich möchte mit mir einen Dokumentarfilm drehen. Die Los Angeles Times wollte wissen an welchem „Projekt" ich momentan arbeitete. Ein bekannter deutscher Produzent möchte mit mir über die Filmrechte sprechen und verhandeln. Und zwei Meter vor mir auf dem Messestand, stand ein Mitarbeiter des „Spiegels", allein schon deshalb, weil ich seit drei Wochen auf der Spiegelbestseller-Liste stand. Im September hatte ich kurz nach Erscheinen meines Romans, den neuen Allgäu-Krimi „Grimmbart" von Platz 1 verdrängt. Der Mann vom „Spiegel" hieß Bernd Reitberger und sprach mich an, während ich schwungvoll ein Autogramm auf die dritte Seite meines Buches setzte, um eine hübsche Autogrammjägerin zu befriedigen.

Ich genehmigte ihm ein 10-Minütiges Gespräch, obwohl ich dazu eigentlich gar keine Lust hatte.

„Herr Kelly", begann er, „Sie stehen jetzt seit drei Wochen unangefochten auf Platz 1 der Bestseller-Liste. Seit letzte Woche auch in England, Kanada und Nordamerika. Das gelingt nur sehr wenigen deutschen Schriftstellern. Waren das Ziele die Sie sich gesetzt haben, oder nur der berühmt-berüchtigte Zufall und Riesenglück?"

„Alles. Also, ich meine von allem etwas. Sicher ist so was nicht kalkulierbar, aber hoffen tut das natürlich jeder wo einen Roman schreibt. Jeder Autor hofft, dass sein Werk möglichst viele Leser findet."

„Wie würden Sie Ihr Werk einordnen? Ist das wirklich ernsthafte Literatur?"

War der Kerl ein Spinner oder wollte er mich provozieren? Kurzzeitig überlegte ich, ihn links liegen zulassen. Ich besann mich aber, da um unseren Messestand viel Trubel war und wieder eine Horde kam, die eine Signierung wollte.

„Selbstverständlich nicht. Das Buch, wie auch ihr Interview, hat mit Ernsthaftigkeit nichts zu tun. Es ist, in gewissem Sinn, ein modernes Märchen für ein Erwachsenes Publikum, wenn sie es so wollen."

Reitberger schnaubte wie ein Pferd und meinte: „Glauben Sie wirklich, dass Sie diesen Erfolg verdient haben? Ein blutrünstiges Märchen für Erwachsene mit unglaubwür-diger Story und fragwürdigem Finale?"

Bevor ich antworten konnte, reichte mir ein höchstens zwanzigjähriger Kerl seinen Stift und ein Buch von meinem Stapel unter die Nase. Dann sah er Reitberger an und erwiderte, bevor mir was einfiel:

„Also, im Vergleich zum Spiegel ist das Buch Weltklasse. Euer Magazin lesen doch eh nur noch Rentner, die sonst nur Tagesschau und Maybritt Illner schauen. Das Heft ist doch nicht die Hälfte von den vier Euro wert, wo ihr da verlangt. Eine angestaubte Altherren-Lektüre für linksgerichtetes Publikum."

„Hören Sie mal junger Mann, unser Heft ist seriös und unabhängig sowie erstklassig rech……"

Bevor er zu Ende sprechen konnte, zeigte ihm der Junge den Stinkefinger und machte sich mit meinem signierten Buch auf und davon.

„Sie sehen, Sie sollten sich gut überlegen, was Sie sagen und fragen. Sie könnten sich sonst den Zorn vieler Leser zuziehen", meinte ich spöttisch. „Feuchtgebiete" war auch kein anspruchsvolles Werk und ein Mega-Erfolg, das sogar verfilmt wurde."

Ich verkniff mir zusagen, dass mein Buch vier Wochen nach Erscheinen, schon mehr als zehnmal soviel Käufer gefunden hatte, und zum Vergleich des anderen „Werkes", auch international ein Renner war. Wütend sah mich Reitberger an und überlegte ob er noch was einwenden sollte, aber ich kam ihm zuvor.

„Und hiermit erkläre ich das Gespräch für beendet. Ich muss in drei Stunden nach Köln fliegen zur Aufzeichnung von „Menschen bei Maischberger", und hab noch einige Vorbereitungen zu treffen. Das ist für mich wichtiger als mit Ihnen hier meine Zeit zu vergeuden."

Seine Lippen schmatzten weiter, obwohl keine Worte

mehr kamen. Ich beobachtete noch kurz, wie er in dem Bemühen, die gemeinste Beleidigung zu finden, die er mir an den Kopf schmeißen konnte, die Stirn in dicke, rote Falten legte. Doch da mich meine Anhängerschar umlagerte und ihn immer mehr zur Seite drängte, verzog er sich. Er sprach noch ein paar Worte in ein Diktiergerät, dann sah ich ihn nicht mehr. Wenn er eine neue Kritik in seinem Magazin verfassen sollte, wusste ich schon, dass sie mich zerreißen würde.

Aber das war mir ehrlich gesagt, ziemlich egal. Dabei hatte der Mann natürlich nicht ganz Unrecht, schließlich war es kein Meisterwerk, aber noch viel schlimmer, die Story war nicht von mir!

Das mit der Talkshow bei der Maischberger war erst eine Woche später, aber im Foyer des Sheraton-Hotels wo ich auch übernachtete, hatte ich in zwei Stunden noch eine kleine Pressekonferenz, vor einigen geladenen, vorwiegend ausländischen Journalisten, die mein Verlag „akquiriert" hatte.

Ich schrieb noch einige Autogramme, und ging fünfund-vierzig Minuten vor der Konferenz ins Hotel, dass direkt neben dem Messegelände lag. Dort hatte ich auch Sophie, meinen kleinen Engel, bei der Kinderbetreuung abgegeben. Heute früh war sie auf der Messe dabei, bevor es ihr am Nachmittag dann zu langweilig wurde, obwohl sie auch ein Büchernarr war. Allerdings war das Angebot an Neuerschei-nungen speziell in ihrer Altersgruppe, sehr spartanisch. Ich hatte ihr vor der Messe noch ein Handy geschenkt, fast ihre ganze Schulklasse hatte auch eines. Und ich fühlte mich auch wohler, wenn ich die Kleine immer erreichen konnte.

Als ich den Messestand verließ, sendete ich ihr eine SMS das ich gleich da bin. An der Rezeption fiel sie mir schon um den Hals, als ich zehn Minuten später vor ihr stand.

„Bist du schon nervös Papi?"

„Nervös, wegen der Konferenz gleich?"

„Ja, kann ich da mitgehen?"

„Na, wenn du bei mir bist, bin ich nicht mehr nervös. Du bist doch mein Glücksengel."

„Kann ich da einen Malblock mit reinnehmen? Ich male dich dann, wenn du vorne am Pult stehst."

„Klar Sophie, aus dir wird mal eine bedeutende Künstlerin."

Das meinte ich ernst. Mein Schatz war mit jetzt acht Jahren sehr intelligent. Sie war die Klassenbeste und konnte besser lesen und schreiben, als viele Erwachsene. Und sie wurde immer hübscher, sie sah ihrer verstorbenen Mutter immer ähnlicher.

Es war achtzehn Uhr fünfzig, und ich ging mit ihr, frisch rasiert und parfümiert, in Konferenzraum A des Hotels. Dieser Seminarraum war der größte unter den Vieren im Haus, und hatte eine Kapazität für gut vierhundert Personen. Kurz bevor ich den Saal betrat, schweiften meine Gedanken nochmals kurz ab und gingen fast dreieinhalb Jahre zurück, als unser letzter Abend mit dem Schreibzirkel stattfand. Damals war ich der Einzige angehende Autor unter uns, der keine Geschichte zu erzählen hatte. Zumindest keine halbwegs vernünftige, die es wert war, sie anderen vorzustellen. Ich hatte danach nie wieder ein Seminar oder ähnliches besucht, das sich diesem Thema widmete. Mein Traum, einen Roman zu schreiben, war damals für alle Zeilen ausgeträumt. Und irgendwie war ich dankbar, nahezu befreit. Wenn einem die Last eines unerreichbaren Ziels von den Schultern genommen wird, ist das ein Segen, auch wenn es zugegebenermaßen einen Zweifel hinterlässt.

Trotzdem war ich jetzt hier mit Sophie, und konnte das alles kaum begreifen. Ich reiste in ferne Länder, in deren Sprachen meine Wörter übersetzt worden waren. Ich speiste und trank mit berühmten Autoren – nein, Kollegen – die ich schon seit langem bewundert hatte. Ich wurde gebeten, Lesungen zu halten, Buchbesprechungen für Publikationen zu schreiben, von denen ich zuvor nur geträumt hatte.

Und selbst bei diesem heutigen Tag, bei dem mir nichts, was ich mir je hätte erträumen können, verwehrt blieb, wusste ich, dass nichts von dem real war.

„Wir sind da Paps, es geht los", sagte Sophie und holte mich zurück in die Realität. Wir standen vor dem Rednerpult und der Saal war mittlerweile komplett voll. Das Pult stand in der Mitte des rechteckigen Raumes, wo mich Hunderte von erwartungsvollen Gästen bereits anstarrten. Der Autoren-Betreuer unseres Verlages, Herr Eichinger, (mit „unsere" meinte ich den Verlag, der sich getraut hatte, mein Manuskript zu veröffentlichen) stand schon am Pult und gab mir die Hand. Ich bekam auf einmal Gewissensbisse und befürchtete, ein Schrei würde erfolgen und mich des Plagiats bezichtigen, aber die Pressemeute begann zu klatschen. Mir steckte ein Kloß im Hals, und Eichinger mein Betreuer, sprach mir mit Blicken, aufmunternd zu.

„Ist alles in Ordnung, Herr Kelly?", sprach mich die Hotel-Direktorin an, die in der ersten Reihe saß und das Spektakel auch verfolgen wollte. Nicht nur ihr, fiel mein Zögern und Zaudern auf. Wenn sie wüsste, dass ich in Wahrheit versuchte, meine Scham lange genug in Schach zu halten, um das nächste Lächeln, das nächste „Danke-Schön", die nächste Signatur zu überstehen, in einem Buch, das zwar meinen Namen trug, aber eigentlich gar nicht von mir war.

Neben meinem Rednerpult stand eine Flasche Wasser, eine Schale Obst und Erfrischungstücher. Ich nahm hastig einen Schluck Wasser, und sah auf Sophie, die jetzt neben der Hotel-Direktorin saß, und mich aus der ersten Reihe anstrahlte. Vielleicht hatte auch meine Tochter Angst, ich würde stumm bleiben und mich zu ihr setzen. Max Eichinger stand auf einmal neben mir, flüsterte mir ins Ohr, dass er mich jetzt in einer Minute vorstellen würde. Seine sanfte, beruhigende Stimme nahm mir mein Unbehagen. Er tätschelte mich auf die Schulter und räuspert sich ins Mikrophon, um Aufmerksamkeit zu bekommen.

„Schönen guten Abend, meine Damen und Herren. Mein Name ist Max Eichinger und ich bin für die Betreuung der Autoren in unserem Verlag aus dem Süddeutschen Raum zuständig."

Er kratzte sich am Kinn und sah mich an.

„Ohne weitere lange Vorreden, möchte ich Ihnen den Shootingstar des Buchhandels im Jahr 2014, vorstellen:

Peter Kelly, aus Isny im Allgäu!"

Applaus brandete auf.

„Kein anderer Autor in unserer 72-jährigen Verlagsgeschichte hat so viele Bücher in einem so kurzen Zeitraum verkauft wie er. Heute sind im Saal auch viele Pressevertreter aus anderen Nationen und Kontinenten, wo das Buch in diesen Tagen erscheinen wird. Ich überreiche ihm jetzt das Mikrofon, und wünsche Ihnen allen noch einen schönen Abend und einen angenehmen Aufenthalt in Frankfurt."

Alle ausländischen Gäste hatten einen Kopfhörer für die Übersetzung.

Ich hörte nur auf einem Ohr zu, während die Meute tosenden Applaus spendete. Ich dachte in diesem Moment an meine verstorbene Frau Julia. Ich wünschte mir nichts sehnlicher, als das sie in diesem Moment hier wäre. Ein Klumpen Trauer, der mir fast im Hals stecken blieb, sodass ich kaum noch Luft bekam. Als der Orkanartige Beifall, der den Raum erzittern ließ, sich beruhigte, holte ich noch einmal tief Luft und bedankte mich, für den überwältigenden Applaus. Kaum hatte ich den Satz zu Ende gesprochen, erneut lautes Klatschen. Ich hob die Hände und legte einen Zeigefinger auf meine Lippen um gegen allzuviel „Zuneigung" zu protestieren. Gleichzeitig musste ich mich beherrschen, um mich nicht zu übergeben.

Dann zwei Minuten Schweigen.

Nach Absprache mit meinem Verlag, sollte ich, bevor die Journalisten mich befragten, die ersten Zeilen aus meinem

Buch in Deutsch und Englisch vorlesen. Ich kratzte mich an der Nase und räusperte mich. Rückte meinen Krawattenknoten zurecht, der sich gelockert hatte. Strich mir mit der schweißnassen Hand durch meine Haar und begann:

„Es war einmal ein kleines Mädchen, das wurde, nicht nur in seinen Träumen, von einer großen, düsteren Gestalt verfolgt. Der schreckliche Mann, der wie ein Monster aussah und grausame Dinge tat, hatte nichts mehr Menschliches an sich. Er hatte Klauen statt Hände, und trug Hörner wie ein …………………"

25. Kapitel

Eine Woche später.

Samstags, kurz nach elf Uhr, kam unser Briefzusteller und warf einen Packen Briefe in meinen Postkasten. Da die vielen Sendungen nicht mehr reinpassten, läutete er nicht, sondern steckte einen Teil in die Zeitungsbox. Das war er mittlerweile gewohnt, trotz Email, WhatsApp und diesen ganzen Mist, schrieben noch unheimlich viele Leute mit dem guten altmodischen Brief. Die meisten Briefe waren Fan-Post und sonstige Autogramm-Anfragen. Ich kam mir schon vor wie ein großer Popstar. Als er wieder weiterfuhr, lief ich raus um die ganzen Stapel zu holen. Ich hatte mir schon überlegt bei der Post in Isny, ein Postfach einzurichten. Da aber Alexa hier war, wenn ich weg war, gab es selten eine Platznot. Unter den gut vierzig Briefen fiel mir sofort ein bräunlicher Umschlag auf, es war nämlich der Einzige ohne Absender. Ich hatte schon beim Öffnen ein merkwürdiges Gefühl, und zerriss fast den Inhalt. Es befand sich ein ausgeschnittener Zeitungsartikel darin, der schon zerknittert war. Das Kuvert war leicht lädiert. Ich betrachtete den Ausschnitt genauer. Oben am Rand konnte ich sehen, um welche Zeitung es sich handelte. Es war ein Artikel des Tiroler Tagblattes, vom „Außerfern". Eine beliebte touristische Ecke, zwischen Reutte und dem Tiroler Zugspitzgebiet. Ich kannte mich dort ganz gut aus, weil ich mit Paul schon öfters beim Wandern dort war. Datiert war die Zeitung von vorgestern, also Donnerstag.

„Zwei Tote auf der B 197 im Außerfern. Schriftsteller und Begleiterin sterben bei rätselhaftem Autounfall." von B. Segger

Reutte/Tirol. – Bei einem tragischen Autounfall auf der B 179, kamen zwei Personen zwischen Heiterwang und Bichlbach am späten Mittwochabend ums Leben. Ihr Ford Mondeo kam aus noch ungeklärten Gründen von der Fahrbahn ab, durchbrach die Leitplanke, und knallte mit hoher Geschwindigkeit gegen eine Felswand. Der Wagen fing sofort Feuer und für die beiden Insassen kam jede Hilfe zu spät. Walter Pickert (68) und Petra Zinth (41), starben vermutlich zwischen 21. – und 22.Uhr, als ihr Fahrzeug gegen den Fels prallte. Der Wohnsitz und die Familie von Petra Z. konnte bisher noch nicht ermittelt werden. Walter P. wohnte in Arbon, auf der Schweizer Bodenseeseite. Ob die beiden planten, in den Urlaub zu fahren, oder warum sie sich zu dem Zeitpunkt in der Region aufhielten, muss noch geklärt werden. Walter P., Autor zweier Romane, die in den Achtziger Jahren mit Internationalem Erfolg gekrönt waren, hatte zuletzt fast zwanzig Jahre in Frankreich gelebt, bevor er sich letztes Jahr am Bodensee wieder sesshaft machte. Bisher konnte die ermittelnde Polizei aus Reutte, noch keine Angehörigen ausfindig machen. Wer nähere Angaben über einen der beiden machen kann, wird gebeten, sich mit der Polizeidienstelle in Reutte oder auf deutscher Seite in Füssen, in Verbindung zu setzen. Die Klärung der genauen Unfallursache durch die Polizei und hinzugezogene Sachverständige, ist noch nicht abgeschlossen und wird vermutlich noch einige Zeit in Anspruch nehmen.

„Es ist sehr rätselhaft", erklärte Werner Lochbihler, von der Polizei in Reutte. „Es waren keine weiteren Fahrzeuge in den Unfall verwickelt, es gab auch keinerlei Brems – oder Schleuderspuren. Es wird ausgeschlossen, dass eine weitere Person oder Fahrzeug in den Unfall verwickelt waren. Möglich wäre, dass der Fahrer vielleicht von einem Wild aufgeschreckt wurde, oder das gesundheitliche Ursachen womöglich eine Rolle gespielt haben. Beide Leichen, die fast bis zur Unkenntlichkeit verbrannten, bevor die Feuerwehr eintraf, wurden zur rechtsmedizinischen Untersuchung nach Innsbruck ins Klinikum gebracht. Der hinzugezogene Sachverständige schätzt, dass der Wagen mit einer Geschwindigkeit von mindestens 100 km/h in die Felswand gerast ist, obwohl an diesem Streckenabschnitt nur 60 km/h erlaubt waren. Aufgrund der Geschwindigkeit und der Straßenführung, scheint auch die Möglichkeit ausgeschlossen, dass Walter P. am Steuer eingeschlafen sein könnte. Ob Drogen oder Alkohol eine Rolle spielten, wird noch eingehend untersucht." Ich nippte kurz an meinem Kaffee und las weiter.

„Bei jedem zehnten, solcher oder ähnlicher Unfälle, findet man die konkrete Ursache häufig nie", erläuterte der erfahrene Sachverständige.

Mein erster Gedanke nachdem ich den Artikel gelesen hatte, galt nicht den beiden Opfern, sondern vielmehr der Frage, wer hatte mir den Zeitungsausschnitt zugeschickt? Ich war mir ziemlich sicher, dass es nur jemand von unserem Autoren-Zirkel sein konnte, da meine Kontakte zu Pickert und Petra sonst niemand kannte. Aber wenn es einer von ihnen war, was bezweckte er damit? Wollte der Zusender irgendwas Bestimmtes damit bewirken? Beabsichtigte der Unbekannte mich damit einzuschüchtern, oder vielleicht war es sogar der Beginn einer Erpressung? Einer der anderen Teilnehmer musste mir auf die Schliche gekommen sein, es gab eigentlich keine andere Schlussfolgerung.

Nur wer? Viele waren ja nicht mehr zur „Auswahl". Maria war tot, und Pickert und Petra ebenfalls. Blieben eigentlich nur noch Serge und Manfred. Vielleicht hatte einer der beiden auch geplaudert, im unmittelbaren Umfeld oder Freundeskreis, und beide wussten deutlich mehr von dem „Plagiat", als ich ahnte.

133

Natürlich hatte ich die Story von Maria umgetitelt und an zahlreichen Stellen etwas verändert. Trotzdem konnte jemand der die Geschichte kannte, gewisse Rückschlüsse ziehen und mich damit entlarven. Mir wurde übel, als ich die vielen Möglichkeiten durchdachte. Eigentlich war es nur Serge zuzutrauen, er wirkte eh wie von der Russenmafia, aber Manfred der ruhigere und brav Aussehende, wollte als Einziger mit mir auf einen Drink nach den Abenden. Vielleicht hatte er ja ähnliches geplant, und die Geschichte von Maria hatte ihn genauso fasziniert wie mich? Seine Vorliebe für Thriller, Dramen – und mysteriöse Geschichten verstärkte meinen Verdacht.

Aber mir drängten sich noch andere Fragen auf: Was machten Walter Pickert und Petra gemeinsam im Außerfern? Wo wollten sie hin, und dazu noch um die späte Zeit? Wie ich an den Abenden raushören konnte, hatte eigentlich keiner der beiden sonderlich großes Interesse für Wandern oder sonstige Aktivitäten, zumindest nicht in den Bergen. Hatten sie ein Verhältnis, ein 68-jähriger, der alles andere als attraktiv war, und eine ansehnliche Frau im besten Alter? Solche Beziehungen gibt's ja auch, wobei Pickert drei Dinge nicht hatte, die viele Frauen als „anziehend" empfinden. Sein Gesicht, Größe und sein dicker Bierbauch wirkten eher abstoßend. Sein Outfit mit uralten Cordhosen, Karohemden und verschlissenen Schuhen, wirkte eher wie bei einem pensionierten Holzfäller. Dazu roch er noch unangenehm und hatte kein Geld. Wobei ich letzteres doch korrigieren möchte. Es heißt zwar oft, „Kleider machen Leute", aber umgekehrt tragen manche Leute Klamotten vom Rot-Kreuz-Laden und hatten ein großes Haus und Auto. Da hatte ich mich vor Jahren auch schon mal getäuscht, als ich für eine Freizeitreportage einen Großgrundbesitzer und Industriellen interviewte, der aussah, man möge mir verzeihen, wie der größte Penner.

Erst Stunden später, als ich abends auf der Couch saß und in den Fernseher starrte, traf es mich mit unerwarteter Wucht. Ich ließ die Programmzeitschrift sinken und spürte wie mein Herz bis zum Hals schlug. Vom Hinterkopf lief mir der Schweiß über den Nacken den Rücken runter, und mein „Arschwasser" dampfte wie ein Wasserkocher. Wie eine Art Panikattacke, wie ich sie meistens bekam, wenn ich länger über meine Exfrau Julia nachdachte.

Aber diesmal war es doch anders. Mein Schock galt zweier Menschen, die ich eigentlich doch kaum gekannt hatte. Warum?

Abends sah ich aus dem Fenster und blickte in den dunklen Nachthimmel. Sophie schlief bereits und Alexa war vor einer Stunde ausgegangen. Ich hatte das Gefühl, als würde sich aus der dunklen düsteren Wolkenfront ein Gesicht bilden, das eher einer teuflischen Fratze glich, die mich höhnisch anstarrte. Ich hoffte und betete, dass mich das Gesicht nicht in meinen Träumen verfolgen würde.

26. Kapitel

Montagmorgen. Nachdem ich Sophie in die Schule gebracht hatte, fuhr ich zum Parkplatz beim Kurhaus in Isny und bummelte durch die Fußgängerzone. Auf einmal fiel mir erst auf, wie viele Leute mich beim vorbeigehen grüssten. Vermutlich lag es daran, dass mein Verlag in meinem Buch auf der letzten Umschlagseite ein farbiges Portrait veröffentlicht hatte. Im Nachhinein bedauerte ich das jetzt, so wurde ich unweigerlich oft zum „Stadtgespräch", und angeblich hatte jetzt jeder dritte mein Buch gelesen. Auch in den beiden Buchhandlungen von Isny, hing am Schaufenster über meinem Bücherstapel ein DIN-A3-Plakat von mir. Nachdem ich mir beim „Segafredo" noch zwei Cappuccino genehmigte und der Verkäuferin ein Buch signierte, das in ihrer Handtasche war, kaufte ich mir noch zwei neue Hemden, und fuhr wieder in mein trautes Heim nach Burkwang. Als ich um die Ecke bei der Montfortstrasse bog, sah ich schon von fünfzig Meter Entfernung, das mir jemand mit seinem Auto, meine Garageneinfahrt besetzte und blockierte. Ich parkte meinen neuen Audi A2 fünf Meter hinter ihm, und wollte schon beim Aussteigen den Fahrer lautstark zurechtweisen, doch ich verstummte, als ich sah, wer es war. Zwei Personen, die mich lächelnd anstarrten und höflich ein „Guten Morgen", riefen. Es waren die beiden Kriminalkommissare, die mich schon einmal im Krankenhaus in Ravensburg aufgesucht hatten.

„Guten Morgen Herr Kleinheinz und Frau Wintergerst",

sagte ich gespielt freundlich und reichte beiden die Hand entgegen.

„Hallo Herr Kelly, freut uns, Sie so gesund und munter wieder zu sehen", erwiderte die Wintergerst und nahm ihre Sonnenbrille ab.

Ob sie sich wirklich freuten, bezweifelte ich, aber ich tat mal so, als glaubte ich ihnen das.

„Wollen Sie mich sprechen oder unser idyllisches kleines Örtchen hier erkunden?" Die Antwort wusste ich natürlich, aber mit fiel nichts Besseres ein.

Kleinheinz ergriff das Wort und meinte: „Es wäre besser drinnen Herr Kelly, es könnte eine Weile dauern."

Ich ging mit ihnen ins Wohnzimmer und bot Mineralwasser an, denn Kaffee hatte ich heute schon genug getrunken und hatte auch keine Lust welchen zu machen.

„Was verschafft mir die Ehre ihres Besuches?"

„Wie lebt es sich so als Bestseller-Autor?", fragte mich im Gegenzug Kommissar Kleinheinz

„Sind Sie nur gekommen, um das zu fragen? Das hätten Sie auch am Telefon machen können."

„Tja, so sehen wir mal wie Sie hier leben."

„Und zufrieden?

„Ja, schön haben sie`s hier. Aber wir wollen Sie nicht länger auf die Folter spannen. Sind ihre Gedächtnislücken immer noch vorhanden, in Bezug auf Ihren Unfall vor ein paar Monaten am Bodensee?"

„Sind Sie immer noch mit dem Fall beschäftigt? Haben Sie sonst nichts anderes?"

„Beantworten Sie bitte die Frage Herr Kelly. Erinnern Sie sich noch an die Geschehnisse in den letzten Monaten?", wiederholte Kommissarin Wintergerst.

„Nein, nichts außer dem, was ich damals bereits sagte."

„Ihnen sind also absolut keine weiteren Details der Monate jemals wieder eingefallen? Sie wissen nicht, warum Sie am Bodensee waren, und was Sie vorher in Maria Kovac Haus machten?"

„Wie ich bereits sagte."

„Und von dem Toten mit der aufgeschlitzten Kehle haben Sie natürlich auch noch nie was gesehen und gehört?"

„So ist es."

„Wissen Sie was Herr Kelly?" meinte Kleinheinz mit jetzt lauterem Tonfall. „Wir glauben Ihnen kein Wort!"

„Sie spinnen doch", sagte ich erregt. „Vermutlich war es Maria und ihr wollt es mir in die Schuhe schieben."

Beide sahen mich an mit einem Blick an, als wollten sie jeden Moment über mich herfallen, um was heraus prügeln zu können, was wahrscheinlich gar nicht vorhanden war. Ich hatte nämlich damals eine Gehirnerschütterung und konnte mich wirklich nicht mehr an diesen seltsamen Unfall erinnern. Nur Bruchstückhaft war mir noch bekannt, was damals vorfiel. Ich wusste, dass ich ein (vorwiegend) intimes Verhältnis zu Maria Kovac hatte, und das wir gelegentlich auch was unternahmen, mit und ohne Sex. Der

Tote, den die Polizei später in ihrem Haus fand, sagte mir weder vom Namen noch Aussehen was. Ich bekam die Bilder später präsentiert, als mich die beiden Kommissare, nach ihrem Besuch am Krankenbett, noch einmal vorluden nach Ravensburg zum Verhör auf ihrer Dienststelle.

Dort stellten sie mir weitestgehend die gleichen Fragen wie jetzt. Ich vermutete, dass der tote Mann, der Dieter Wedel hieß, ein weiterer Liebhaber, oder vielleicht auch augenscheinlich fester Freund von Maria gewesen war. Dann bekam er heraus, dass sie ein Verhältnis mit mir hatte, und stellte sie zur Rede. Dann kam es zu einem Handgemenge, und Maria schlitzte ihn auf, als er nicht damit rechnete. Soweit meine theoretische Ansicht.

Die Polizei sah das natürlich aus einem anderen Blickwinkel und sah in mir den Täter, der keine Spuren hinterließ. Oder ein Komplott, dass ich mit Maria gegen Wedel ausgeheckt hatte, und später wollten wir ihn dann loswerden.

Über eines war ich mir aber relativ sicher: Die Polizei stellte noch keinen Zusammenhang her, zwischen den Mitgliedern des „Pickert -Kreises" und diesem Vorfall, außer einer der noch lebenden Teilnehmer hatte ihnen einen Tipp gegeben. Deshalb musste ich extrem genau aufpassen, was sie fragten und was ich darauf antwortete, um mich nicht in Bedrängnis zu bringen.

„Vermutlich heißt, Sie wissen es nicht sicher", machte die Wintergerst mit der Fragerei weiter.

„Hören Sie, dass ist doch alles Wortklauberei. Sie finden keinen Mörder oder anderen Verdächtigen und jetzt soll ich das Bauernopfer spielen, damit sie ihre Statistik aufbessern können."

„Es gibt keine eindeutigen Indizien, dass Frau Kovac den Mord begangen hat. Wir haben auch noch keine Spuren von der Tatwaffe, einem Messer. Wir haben ihr ganzes Haus auf den Kopf gestellt."

„Vermutlich liegt`s auf dem Grund der Argen oder irgendwo in den unendlichen Weiten des vierundsechzig Kilometer langen Bodensees."

„Oder bei Ihnen?"

„Sie können ja zum Suchen anfangen, sofern sie einen Durchsuchungsbefehl dabei haben. Aber auch wenn sie ein Messer finden, so blöd wird ja kein Täter sein, dass er die Spuren nicht beseitigt. Was war es denn überhaupt für ein Messer?"

„Wir glauben, dass es eher ein kleines Messer mit gerader dünner Klinge war. Wie es im Haushalt vielleicht zum Tomaten schneiden oder ähnlichem verwendet wird. Also, auf jeden Fall, eines ohne Zacken."

„Na prima, so ein Messer hab ich dreifach in der Küche rumliegen."

„Aber der Schnitt allein an seiner Kehle war nicht alles, es hat ihm vielleicht den Rest gegeben."

„Wie meinen Sie das?"

„Er hatte auf dem Hinterkopf zwei weitere Wunden von denen er allerdings noch nicht starb. Unser Gerichtsmediziner meinte, er hat zwei dumpfe Schläge bekommen und war dann bewusstlos. Erst danach hat man ihm den Hals aufgeschlitzt und verbluten lassen."

„Und was schließen Sie daraus?"

„Das er sich ganz normal im Wohnzimmer mit jemand unterhalten hat, und ein Dritter hat ihn von hinten niedergeschlagen, vielleicht sogar mit der bloßen Faust. Und den Rest sagten wir ihnen ja eben, wobei wir wieder bei Ihnen wären. Sie haben ja später mit Frau Kovac des Haus verlassen."

„Alles recht und schön, aber wo bleibt das Motiv wenn's überhaupt eines gibt."

„Als wir Sie kurze Zeit später, nach unserem Krankenhausbesuch, einluden nach Ravensburg, sagten sie aus, sie würden beide vom Sehen her kennen, hätten aber kein persönliches, enges Verhältnis zu ihnen. Bleiben sie bei dieser Aussage?"

„Ja. Aber ich will`s etwas relativieren. Ich dachte der Typ wäre mir vom Sehen bekannt, egal ob Arbeit, Einkaufen oder sonst wo. Ich hatte die letzten Jahre sehr viel mit Leuten zu tun. Da kommt einem der ein oder andere schon mal irgendwoher bekannt vor. Ich kann aber nach wie vor, nicht genauer sagen, woher. Und das ich mit Frau Kovac ein intimes Verhältnis pflegte, sagte ich ja bereits."

Es entstand eine Pause von gut zwei Minuten, wobei sie mich sehr genau taxierten. Wussten sie mehr als zugaben? Wollten sie mich in eine Falle locken?

Dann stellte Hauptkommissarin Wintergerst eine Frage, die mir den Schweiß auf der Stirn und hohen Blutdruck gleichermaßen zurückbrachte.

„Herr Kelly", begann sie eher fast leise und sanft. „Waren Sie jemals in Psychotherapeutischer Behandlung?"

Die Frage traf mich wie ein Hammerschlag in die Hoden. Irgendwann musste sie ja kommen, sie würden ja alles in meinem Leben genau recherchieren.

„Ja", sagte ich, nach Fassung ringend. „Was hat dass mit dem Fall zu tun?"

„Oh, noch nichts", meinte Kleinheinz fast spöttisch. „Vielleicht aber auch doch bald, wer weiß. Aber Sie wissen ja, als Kriminologen müssen wir alles hinterfragen. Und glauben Sie mir, was denken Sie denn, bei wie vielen Motiven psychische Probleme eine Ursache spielen?"

„Meine sind beseitigt, ich bin seit Jahren nicht mehr in Behandlung."

„Was hatten Sie denn für Symptome?"

„Nach dem Tod meiner Frau wurde ich stark depressiv, deshalb hab ich drei Monate nach ihrer Beerdigung einen Therapeuten aufgesucht. Das ist heutzutage nichts Ungewöhnliches. Wahrscheinlich hatten Sie noch nie so einen Schicksalsschlag und mussten ein kleines Baby allein aufziehen mit neun Monaten?"

Wut stieg langsam in mir hoch. Maßlose Wut. Was wussten den die Scheißbullen, über meine Gefühlslage damals, gar nichts. Aber saublöde Fragen stellen. Sie hatten keinen blassen Schimmer, wenn die Kleine immer häufiger, je älter, nach der Mutter fragte, und man zum hundersten

Male die Geschichte vom lieben Gott erzählen musste, der die Mama vorzeitig zu den Engeln geholt hatte.

Aber Kommissar Kleinheinz legte den Finger noch tiefer in die Wunde, obwohl er spürte, dass er ein sensibles Thema angesprochen hatte. Nach einer kurzen Pause legte er wieder los. Bei seinen Worten hätte ich am liebsten ein Küchenmesser geholt und ihn sofort zum Schweigen gebracht.

„Es gab große Überlegungen damals, Ihnen das Kind wegzunehmen, nur mithilfe eines guten Anwaltes konnten Sie das verhindern."

„Ja, das stimmt. Das hing aber nicht nur mit meiner Depression zusammen, sondern weil befürchtet wurde, ich könnte als Berufstätiger Vater meinen Erziehungspflichten nicht nachkommen. Dann fand ich Alexa und das Problem war beseitigt. Dem Kind geht's gut und Alexa mag sie auch sehr. Ich habe aus den bestehenden Möglichkeiten, das Beste gemacht.

Dann übernahm Kommissarin Wintergerst wieder das Ruder an sich und wechselte Gott sei Dank das Thema.

„Herr Kelly, ich habe ihr Buch gelesen."

„Ich hoffe, Ihnen hat`s gefallen?"

„Ja, sehr spannend und originell diese Geschichte."

„Freut mich."

„Nur eines hat mich stutzig gemacht?"

„Was denn?"

„Einige dieser Mordfälle, die Sie da beschreiben, haben einige frappierende Ähnlichkeiten mit realen Fällen."

„Was meinen Sie damit?"

„Na also, Sie müssen doch zugeben, dass einige dieser Morde die Sie da beschreiben, so ähnlich stattfanden. Hier in unserer Region und vorwiegend die letzten fünf Jahre."

„Verehrte Kommissarin, haben Sie schon mal davon gehört, dass sich viele Autoren, von der rauen Wirklichkeit inspirieren lassen? Sie nehmen es häufig als Anlass darüber zu schreiben."

Sie kratzte sich an der Stirn und strich eine Haarsträhne aus ihrem nachdenklichen Gesicht. „Mag schon sein, aber einige Fälle sind verblüffend, so zum Beispiel einer, der sich erst letzte Woche zugetragen hat."

„Von welchem sprechen Sie?"

Kleinheinz übernahm wieder: „Von einem Unfall unter äußerst mysteriösen Umständen, der sich letzte Woche im Tiroler „Außerfern" zugetragen hat."

Ich zuckte leicht zusammen, war mir aber nicht sicher, ob es von den beiden wahrgenommen wurde.

„Ein Paar kommt bei einem merkwürdigen Unfall spätabends ums Leben und keiner kennt die Ursache."

„Stimmt. Bei mir gibt's eine ähnliche Situation, aber an einem ganz anderen Ort."

Ich wusste nicht, ob sie mir meine Nervosität ansehen konnten. Wenn sie einen Zusammenhang wussten oder kannten mit dem Schreibzirkel, den ich so im Buch nicht beschrieben hatte, hatte ich jetzt schlechte Karten.

„Außerdem", fuhr ich fort, „mein Paar im Buch hatte sich unter anderen Umständen getroffen und plante einen Urlaub am Lago Maggiore. Und der Unfall, falls wir vom gleichen sprechen, ereignete sich bei mir in St. Gallen."

„Aber sonst ist die Art und Weise wie sich der Unfall ereignete, fast identisch."

„Gut, dass sehen Sie so. Viele Krimis im Fernsehen ähneln sich auch, das ist Ansichtssache."

Nur Serge oder Manfred konnte Sie informiert haben, wenn überhaupt. Aber eher im Fall des Zirkels, wenn sie die Zeitung gelesen hatten. In den Schwäbischen Nachrichten wurde der Unfall im Außerfern erstaunlicherweise mit keiner Silbe erwähnt.

Wenn ich einen hohen Wetteinsatz auf die nächste Frage gesetzt hätte, dann wäre ich jetzt auch ohne Buch reich.

„Wo waren Sie letzten Mittwoch zwischen achtzehn und dreiundzwanzig Uhr?"

„Lächerlich, dass Sie mich mit dem Unfall im Lechtal in Verbindung bringen wollen. Ich war ab circa siebzehn Uhr dreißig im Card-Studio. Das ist ein Fitnessstudio im Gewerbegebiet in Isny. Dort absolvierte ich zuerst ein Cardio-Training, eine Stunde später ein Krafttraining, bevor ich bei der Zumba-Stunde um halb acht mitmachte. Dann ging ich noch gut eine Stunde in die Sauna und gegen zweiundzwanzig Uhr fuhr ich heim."

„Zeugen?"

„Mehr als genug. Fragen Sie den Trainer, die Instruktorin vom Zumba, und drei andere Mitglieder waren auch in der Sauna, die zuvor trainierten."

Ich sah die Enttäuschung in ihren Gesichtern. Die Wintergerst notierte sich die Namen, die ich ihnen nannte.

„Wunderbar, dann würden wir noch gern das Kindermädchen von Ihnen sprechen. Wann kommt sie?"

„Gegen halb zwei, sie holt heute Sophie von der Schule ab. Aber ich möchte nicht, dass sie in Anwesenheit von meiner Tochter mit ihr sprechen. Laden Sie sie vor, nach Ravensburg. Sie hat ja zwei freie Tage. Und ich muss sie jetzt auch langsam bitten zu gehen, mein Flieger in Friedrichshafen startet in knapp drei Stunden und ich sollte noch ein paar Sachen packen."

„Wobei wir lieber heute Nachmittag ihre Alexa sprechen würden, wenn wir schon grad hier sind."

„Nein, dass will ich nicht. Das bekommt die Nachbarschaft mit und die Kleine auch. Ich biete Ihnen einen Kompromiss an: Ich gebe Ihnen ihre Handy-Nummer und sie machen mit ihr was aus, aber außerhalb von Burkwang. Hier kennt fast jeder jeden. Eine Stunde kann sie Sophie schon mal alleine lassen. Sie ist sehr selbständig."

„Okay, machen wir."

„Danke für Ihr Verständnis."

„Gerne", antwortete er mit ironischem Unterton.

Sie erhoben sich und gaben mir die Hand, während ich sie bis zur Tür brachte. Als Kleinheinz schon mit einem Bein im

Freien stand, fiel ihm noch was ein.

„Sagen Sie mal Herr Kelly, so ein Mega-Erfolg schreit ja geradezu nach einer Fortsetzung. Wann kommt denn Teil zwei?"

„Ach, da hab ich mir ehrlich gesagt noch gar keine Gedanken gemacht, obwohl schon viele danach fragten. Meistens sind die Fortsetzungen nur ein billiger Abklatsch des ersten Teils. Das ist ja bei den meisten Filmen und Büchern so. Wahrscheinlich schreib ich was ganz anderes, einen Reiseführer oder ein Wanderbuch vielleicht. Wer weiß?"

„Schön, dann noch guten Flug nach ....?"

„Rom."

„Eine wunderschöne Stadt, da war ich auch schon."

„Ich bring Ihnen vielleicht ein Andenken mit Herr Kommissar, und wenn's nur eine Leiche ist."

27.Kapitel

In Interviews wurde ich immer wieder gefragt, wenn ich denn mit dem schreiben vom „Schneeteufel" begonnen hatte. Ich erklärte immer, das die „Rohfassung", schon seit zehn Jahren vor Erscheinen in meinem Kopf rumgeisterte, ich mich aber erst zwölf Monate vor Erscheinung des Buches, dazu durchringen konnte, es zu Veröffentlichen, was natürlich nicht stimmte.

Wenn schreiben zumindest teilweise ein Unterfangen war, das ausschließlich im Kopf und fernab von Stiften, Tastatur und Papier stattfand, dann hatte ich schon an dem Abend, an dem ich Maria zum letzten Mal sah, begonnen, die fehlenden Teile in ihrer Geschichte zu füllen. Zudem hatte ich eh sofort bei Planung vor, gewisse Artikel und Passagen umzuschreiben, ebenso wie den Titel. Schließlich sollte das Ganze nicht sofort als Plagiat erkannt werden.

Selbst nach Ende unseres Autorenzirkels und den langen, sorgenvollen Tagen die folgten, sogar als meine Bank begann, mir zu drohen, bezüglich meines mauen Kontostandes und späteren anwaltlichen Drohungen von Zwangsmaßnahmen, gingen mir das Waisenmädchen, der schreckliche Mann der schreckliche Dinge tat, und Maria nicht mehr aus dem Kopf. Ihre Vergangenheit und der Fortgang der Geschichte beschäftigten mich unentwegt. Ich kehrte zu Maria`s Geschichte zurück, weil ich sie zum Überleben brauchte.

Um für meine Tochter da zu sein, brauchte ich eine fiktionale Gruselgeschichte als Alternative zu dem realen Grauen, dass auf uns zukam. Ich hatte Sophie – aber ich war trotzdem allein.

Julia war tot. Bald hätte man mir das Haus weggenommen, weil mein Gehalt nicht dauerhaft ausgereicht hätte, um es aufrecht zu erhalten und ein Kindermädchen zu bezahlen, dass Versicherungspflichtig beschäftigt war. Nur durch die sechsstellige Summe, die ich bekam von der Lebensversicherung, die wir vor der Ehe auf Gegenseitigkeit abgeschlossen hatten, konnte ich die Betreuung von Sophie und das Haus weiter aufrechterhalten. In schätzungsweise einem Jahr wäre das Geld aufgebraucht gewesen, und ich hätte mich nach einem zweiten Job umsehen müssen. Sophie konnte und durfte ich, von alledem nichts erzählen.

Und so kam ich darauf, dass „Marias Schneeteufel", mich retten konnte. Es gab mir einen Zufluchtsort, etwas was mir gehörte.

Aber das war ein fataler Irrtum. Die Geschichte hat mir nie gehört. Und sie konnte mich auch nicht retten. Der Teufel hatte seine eigenen Pläne und nahm mich immer mehr in Besitz. Er brauchte mich nur, um freizukommen.

28. Kapitel

Ich gestehe und gebe hier zu, dass ich Marias Geschichte gestohlen hatte. Aber sie war kein Roman. Selbst wenn ich ihre Figuren, ihren Schauplatz und den Ausgangspunkt benutzte, ihren Ton imitierte und sogar ganze Seiten ihrer von mir aufgenommenen Lesungen aufgezeichnet habe, konnte man auf der Grundlage strikter Wörterzählung und diverser Veränderungen, den Großteil von „Schneeteufel", guten Gewissens als mein Werk bezeichnen.

Ich musste einiges hinzufügen, um ihr das notwendige Gewicht für ein Buch zu geben. Was eben nötig war, um das, was ich schon hatte, auszuwalzen, bis das Ergebnis auf mehrere hundert Seiten gestreckt werden konnte. Was das Buch trotzdem noch brauchte, war genau das, was Marias Geschichte nicht lieferte. Ein Ende.

Nachdem ich monatelang Ideen auf Karteikarten gekritzelt, und die meisten wieder in den Müll geworfen hatte, schaffte ich es schließlich, mir ein paar eigene abschließende Sätze aus den Fingern zu saugen, obwohl es sinnlos war, hier weiter darauf einzugehen.

Sagen wir einfach, ich hatte mich entschieden, eine mysteriöse Thrillergeschichte daraus zu machen. Ich wusste, dass es trotzdem ein Plagiat war. Nicht einen Augenblick lang hatte ich daran gedacht, ich hätte genug selbst erfunden, als das man den „Schneeteufel" aufrichtig, als mein Eigen bezeichnen konnte. Was mein schlechtes

Gewissen angesichts dieses Vergehens linderte, war die Tatsache, dass ich bloß damit herumspielte. Es war eine Zerstreuung, sonst nichts. Eine Art Therapie, in den Stunden, in denen Sophie schlief, das Fernsehen den üblichen Mist sendete, und die Sätze meiner Lieblingsbücher unleserlich vor meinen Augen verschwammen.

Selbst als das Werk fertig war, hatte ich nach wie vor keine Pläne, mich als alleinigen Autor zu präsentieren. Das lag zum Teil daran, dass ich es nicht war. Aber es gab noch einen anderen Grund. Ich hatte das schreiben des Buches immer als eine Art Kommunikation verstanden, einen Austausch zwischen Maria und mir. Ich hatte Dutzende von Interviews mit „echten" Schriftstellern gelesen, die sagten, dass sie beim Schreiben ein einköpfiges Publikum im Sinn gehabt haben, einen idealen Leser, der ihre Intenionen voll und ganz nachvollzieht. Das war Maria für mich gewesen. Das zweite Augenpaar das mir über die Schulter blickte, während sich die Wörter auf dem Bildschirm ausbreiteten. Während ich unsere Geschichte schrieb, war Maria das eine Phantom, das die ganze Zeit bei mir war. Und dann fing ich an, mich zu sorgen, es wäre vielleicht nicht gut.

Unser Buch. Marias und meins. Dann ganz meins.

Außer, dass Maria jetzt tot war. Was würde ein anderer von dem halten, was wir gemeinsam geschaffen hatten?

Doch selbst dies war noch nicht mein Ruin. Mein eigentlicher Fehler war es, die Geschichte auszudrucken, Briefumschläge zu kaufen, in die ich sie stecken konnte, und mir einreden, ich sei bloß neugierig, als ich sie, adressiert an die wichtigsten Literaturagents in ganz Deutschland, in den

Briefkasten warf.

Das war der Fehler.

29.Kapitel

31.Oktober 2014, fünf Wochen vor Sophies Verschwinden.

LEUTKIRCH.

Dr. Karlheinz Schöllhorn, hatte heute, wenige Wochen vor Jahresende, seinen letzten Arbeitstag.

Fünfunddreißig Jahre hatte der Arzt, Dipl.-Psychologe und Neurologe, im Krankenhaus in Leutkirch gearbeitet. Die Anzahl seiner Patienten kannte er nicht mehr, es waren aber bestimmt in den ganzen Jahrzehnten, weit über Zehntausend gewesen. Eben erst, hatte er sich von seinem letzten Patienten, Max Fritsch, verabschiedet. Er hatte seit über zehn Jahren mit unerklärlichen Kopfschmerzen zu kämpfen gehabt. Nur Akupunktur, Medikamente und Kopfmassagen hatten es zum positiven verändert. Er fiel seinem behandelnden Arzt fast um den Hals, als er ihm sagte, dass es die letzte Sprechstunde mit ihm war.

Burnout, Kopfschmerzen, Verspannungen, Depressionen, Schizophrenie und sonstige psychische Krankheiten waren seit Jahren unaufhaltsam auf dem Vormarsch. Depressionen wurden sogar von manchen Krankenkassen wie Diabetes als Volkskrankheit bezeichnet. In den letzten zwanzig Jahren hatte sich die Zahl der Patienten gut verzehnfacht, obwohl die Bevölkerung schrumpfte.

Überbelastungen, Stress, Medieneinflüsse, Alkohol, Drogen, und sogar falsche Erziehung bei Kindern, wurden von den Experten als Ursachen für Psychosomatische Erkrankungen genannt. Viele sogenannte Experten rätselten auch, ob die Menschen vielleicht empfindlicher und sensibler geworden waren als die vorhergehenden Generationen. Ein Problem der älter werdenden Generation war es mit Sicherheit nicht, da vorwiegend jüngere Leute die Therapeuten und Psychologen zunehmend aufsuchten.

Dr. Schöllhorn hatte allein im Jahr 2013, über 30 Prozent von Patienten unter fünfundzwanzig Jahren gehabt. Trotzdem hatte im die Arbeit über die lange Zeit Spaß gemacht.

Als er in der Mittagspause begann seinen Schreibtisch zu räumen, ging auf einmal die Tür seines Büros auf. Fünf Mitarbeiter, die ihn über viele Jahre begleitet hatten, standen vor ihm, manche mit feuchten Augen. Drei hatten Blumensträuße in der Hand.

„Karlheinz, dürfen wie dich noch ein paar Minuten stören?", fragte Elizabeth Schwegler, eine korpulente Dame Anfang fünfzig, die als Krankenschwester fast zwanzig Jahre mit ihm gearbeitet hatte.

„Natürlich Lizzy, ihr immer. Kommt herein, meine Lieben", antwortete er mit etwas Wehmut in der Stimme.

Außer Lizzy Schwegler, kamen noch Bernd Fuchs, Martina Klein, Max Rieger und Martin Vogler ins Zimmer. Seine langjährigsten Mitstreiter.

„Tja, jetzt heißt`s langsam „Servus" sagen", meinte Vogler und drückte ihm gleichzeitig einen bunt gemixten Blumenstrauß in die Arme. Alle klopften ihm auf die Schulter, schüttelten seine Hand oder umarmten ihn.

Dr. Martina Klein kullerte eine Träne über die Wange als sie ihn fragte: „Und was wirst du jetzt den ganzen Tag machen Karlheinz?"

„Viel auf dem Bodensee schippern, mit meiner Claudia unsere Ferienwohnung am Gardasee häufiger aufsuchen, mit den Enkeln auf den Spielplatz gehen, und ihr werdet es kaum glauben, wahrscheinlich mit dem Golfspielen beginnen. Das reicht doch, oder?"

„Ja, klingt so, als wird`s dir nicht langweilig werden", meinte Dr. Bernd Fuchs, Anfang sechzig. Er war der nächste, der von den Gratulanten in vier Jahren aufhören würde.

„Ach ja, und nach Südamerika wollte ich auch schon lange", ergänzte Schöllhorn, und zog eine Flasche Sekt aus seinem Wandschrank. Bevor die anderen widersprechen konnten, hatte er schon sechs Gläser eingeschenkt, obwohl das logischerweise verpönt war, während der Arbeitszeit.

Martin Vogler zückte ein Kuvert und überreichte es Schöllhorn.

„Weil ihr beide, du und Claudia, so gern auf Musical geht, haben wir euch noch zwei Tickets für „den König der

Löwen" in Hamburg besorgt. Natürlich mit einem Hotel-Gutschein im „Hilton".

„Danke euch meine Lieben. Ich werde euch vermissen. Aber spätestens zu meinem sechsundsechzigsten Lebensjahr in zehn Monaten, lade ich euch alle zu uns ein. Versprochen."

Zehn Minuten lachten und scherzten sie noch, dann ging die Crew der Kollegen wieder auf ihre Stationen.

Schöllhorn wusste nicht, ob er lachen oder weinen sollte, als er die letzten Utensilien in seine Tasche warf, und langsam mit seinen Augen den Raum musterte. Nicht weil er Angst hatte was zu vergessen, sondern um seine Erinnerungen an die letzten Jahrzehnte Revue passieren zu lassen. Nach fünf Minuten, in denen er entspannt letztmalig in seinem Chefsessel saß, stand er auf und ging mit langsamen Schritten zum Ausgang. Ein letztes Mal verabschiedete er sich am Empfang, schüttelte noch drei Paar Hände die ihm auf dem Weg zum Ausgang entgegenliefen, winkte dem Pförtner zu, und dann war das Berufs-Kapitel abgeschlossen.

Er fuhr mit seinem silbernen Mercedes zu seinem Haus am Stadtrand von Leutkirch. Es war nachmittags um fünfzehn Uhr als er seinen Wagen vor der Garage abstellte. Seine Frau kam erst in drei Stunden, sie arbeitete noch viermal in der Woche in der Stadt-Apotheke. Sie war sechs Jahre jünger als er, und die beiden gemeinsamen Kinder waren seit zwanzig Jahren aus dem Haus. Wenn seine Frau nach achtzehn Uhr kam, wollten sie noch kurz Einkaufen gehen, und dann zum Indisch Essen. Sein Frau Claudia hatte ihren

Toyota Corolla in der zweiten Garage stehen, bei schönem Wetter radelte sie immer zur zwei Kilometer entfernten Apotheke.

„Timmy, mein Süßer", rief er, als der schwarz-weiße Hauskater um die Ecke streifte und miaute. Er kam angesprungen und streifte an seinen Beinen entlang. Er kraulte ihn am Kopf und ging zur Haustür. Das Haus das sie besaßen, hatten sie vor zehn Jahren gekauft und bewohnten es nur mit ihrem Kater. Alle zwei bis drei Monate kamen ihre Kinder auf Besuch, die nach Stuttgart gezogen waren, aufgrund guter Jobs bei Daimler-Benz. Einmal in der Woche kam ein Pensionär, der sich seine Rente mit ein paar Euro durch Gartenpflege und kleinerer Handwerksarbeiten aufbesserte.

Als er die Tür aufschließen wollte, stutzte er. Die Tür stand einen kleinen Spalt auf. War seine Frau schon früher zurück? Aber er hatte gar nicht ihr Fahrrad gesehen. Langsam überschritt er die Schwelle und rief: „Claudia, bist du heut schon früher da?"

Es kam keine Antwort. Vielleicht war sie im Keller oder Garten. Timmy lief an ihm vorbei, Richtung Küche. Er trabte ihm hinterher und sah nach, ob noch Katzenfutter am Boden stand. Der kleine Teller war leer und er holte die offene Dose Katzenfutter aus dem Kühlschrank. Er strich mit einem Messer den letzten Rest auf den Teller und stellte es Timmy vor die Nase. Plötzlich hörte er ein leises Poltern, als ob eine Flasche oder eine Vase irgendwo auf den Teppich gefallen wäre. Irritiert sah er auf und spürte, wie sein Puls sich merklich nach oben bewegte. Irgendwas stimmte hier nicht.

„Claudia? Bist du das?"

Stille. Nur das Schmatzen des Katers war zu hören. Anscheinend ließ sich der Kater durch das Geräusch nicht vom Fressen abbringen.

Schöllhorn hielt das Messer das er eben benutzte, fest in der rechten Hand, so fest, dass seine Knöchel weiß hervortraten. Er ging langsam aus der Küche den Flur entlang zum gemeinsamen Büro von ihnen. Es lag am Ende der Gangzeile neben der Toilette. Da sah er auf dem hellbraunen Teppich, rote Punkte. Blutstropfen!

Etwas Bedrohliches war hier im Haus. Er musste sofort die Polizei anrufen, wo war sein Handy? Im Auto, da wo es normal nach der Fahrt nicht mehr sein sollte. Er musste ins Büro rein und den Notruf wählen. Dort stand die Station mit dem Schnurlostelefon. Oder er ging auf Nummer sicher und lief schleunigst raus zu seinem Auto und telefonierte von dort.

Wieder ein Geräusch! Wo kam es her? Er musste ins Büro, dort hatte er eine Arztasche mit Skalpell und Schere. Zum Auto war es jetzt zu weit und zu spät. Er brauchte die Tür des Büros nicht mehr öffnen, sie wurde geöffnet. Ein Schatten trat an den Türrahmen, riesig, dass er sich selbst mit seinen eins achtzig, klein vorkam. Als der Mann vor ihm stand, gefror ihm das Blut in den Adern. Sein Blutdruck brachte ihn zum Schwitzen und seine Hand wo das Messer noch hielt, begann zu zittern.

„Was soll das?", keuchte er. Was machen Sie hier?"

Der Mann musste eine Maske aufhaben, oder gab es den

leibhaftigen Teufel wirklich? Falls ja, stand er jetzt vor ihm in voller Größe.

„Wie sind sie hier rein gekommen? Wollen Sie Bargeld? Im Keller haben wir einen Tresor."

„Ich will kein Bargeld, ich will dich!"

Schöllhorn wollte schreien, aber seine Kehle war wie zugeschnürt. Die Stimme klang dunkel und kalt, aber irgendwie verstellt. Hatte er sie nicht schon mal gehört?

Dr. Schöllhorn war klar, der Mann wollte ihn töten, da gab es kein verhandeln mehr. Jetzt nützten auch keine 10.000 Euro im Tresor. Er war während des Studiums bei der Bundeswehr im San-Zentrum In Idar-Oberstein gewesen. Dort hatte im sein damaliger Stabsfeldwebel geraten, wenn du in eine lebensbedrohliche Situation kommst, und du hast das Gefühl, dein Gegenüber ist dir körperlich überlegen, nutzte den Überraschungsmoment, wenn er nicht damit rechnet. Nur so hast du eine Chance zum Überleben.

Jetzt oder Nie mehr! Er versuchte es.

Mit der linken Hand, die er zur Faust geballt hatte, täuschte er einen Faustschlag vor. Seine schnelle Bewegung überraschte den Mann. Er blockte zwar ab, war aber nicht schnell genug, der anderen Hand mit dem Messer auszuweichen. Das Messer traf in die Schulter, der Mann schrie aber nicht auf, als die Klinge ins Fleisch eindrang! Als er das Messer wieder rauszog, holte Schöllhorn sofort wieder aus und wollte den Hals des Hünen treffen. Aber er traf nicht mehr sein Ziel. Nur noch Bruchteile von Sekunden sah

Schöllhorn, dass der Mann auch bewaffnet war, mit einer Axt! Er sah nur noch die blitzende Klinge bis sie auf seiner Stirn einschlug, bevor ihm sein Messer aus der Hand fiel. Die Axt zertrümmerte seinen Schädel, sodass der Kopf in der Mitte fast spaltete. Hirnmasse und Blut spritzen durch den Raum, als Schöllhorn mit seinem Körper auf den Boden krachte. Aber der Mann in Schwarz ging auf Nummer sicher. Ein zweiter Hieb trennte den Kopf vom Rumpf und der Schädel mit geöffneten Augen kullerte am Boden entlang. Aber das Monster mit Teufelsmaske wollte dem Arzt einen letzten Gefallen tun, denn er sollte mit seiner Frau im Tode vereint sein. Deshalb packte er den abgetrennten Schädel und trug ihn ins Büro. Dort legte er ihn auf den Bauch der Toten, die dort verrenkt auf dem Rücken lag und wehklagend zur Decke starrte.

30. Kapitel

Die häufigste aller Fragen wenn man seine Lesungen beendet hat, lautet: „Wollten Sie schon immer schreiben?"

Ja, ich wollte schon immer schreiben, aber das war nur die halbe Wahrheit. Ich wollte schon immer schreiben, ja, aber in erster Linie wollte ich schon immer Schriftsteller werden. Nichts zählte, solange man nicht veröffentlicht war. Ich sehnte mich danach, der eingeprägte Namen auf einem Buchrücken zu sein, zur Ritterschaft der Auserwählten zu gehören, die in Buchläden und Bibliotheken neben ihren alphabetischen Nachbarn standen.

Die Großen und die Beinahe-Großen, die Berühmten und die zu Unrecht Übersehenen. Die Lebenden und die Toten. Aber jetzt wollte ich nur noch raus. Was mir damals so wichtig erschienen war, kam mir jetzt vor wie eine List, etwas zu verkomplizieren, das ohne Einmischung brutal simpel war;

Das Leben ist beschissen, und am Ende stirbst du sowieso, wie es oft auf T-Shirts immer hieß. Ich würde mich mit meiner Vaterrolle zufrieden geben, mit Grillen am Wochenende, Pauschalreisen ans Meer, und ausgeliehenen Action – und Gruselfilmen. Ich würde nicht mehr das Bedürfnis verspüren, etwas sagen zu müssen, einsam und wütend die betäubte Masse wachrütteln zu müssen.

Stattdessen würde ich mitten unter ihnen sein, mitten

unter meinen Konsumentenbrüdern – und Schwestern. Die Suche nach dem Ruhm würde zu Ende sein.

Manchmal, wenn ich mit Sophie spazieren gehe, ihr etwas vorlese oder ihr ein Rührei mache, packt mich auf dem Weg, mitten im Satz oder während das Ei brät, eine geradezu lähmende Liebe. Um ihretwillen versuchte ich, mich in solchen Momenten zusammenzureißen.

Denn derlei Gefühlsausbrüche sind ihr zunehmend peinlich. Genauso wie rührselige Reden – „was für eine süße Maus" - oder wie „ähnlich sie ihrer Mutter" sieht. Nicht das mich das abhalten würde, kein bisschen.

Seit der Veröffentlichung vom „Schneeteufel", sind mir solche Freuden versagt geblieben. All die Aufmerksamkeit für den Erfolgserstlingsschriftsteller – Lesungen in Gemeindesälen oder Bücherläden, Vierzig-Sekunden-Interviews fürs Frühstücksradio, sogar ein paar Schlafzimmer-Einladungen von aufdringlichen Fans, und „Möchte-gern-Playmates" war mir zwar vergönnt, weil ich alleine war, aber oft meilenweit entfernt von meiner Tochter.

Ich weiß noch, wie Sophie mich an einem der Tiefpunkte der Promotion-Tour, am Telefon gefragt hatte:

„Wo bist du jetzt Papi?"

„In Barcelona."

„Wo ist das?"

„Irgendwo im Süden Europas, wo es wärmer ist wie bei uns."

„Nimmst du mich das nächste Mal mit?"

„Natürlich mein Schatz. Ab nächstem Jahr nehme ich dich überallhin mit."

Dass der Schneeteufel nicht mein eigenes Buch war, machte es nicht besser. Immer wenn ich eine enthusiastische Kritik, die endlose Warteschlange bei einer Autogrammstunde oder der begeisterte Brief eines Studenten es mich beinahe vergessen ließen, vernahm ich immer Marias Stimme. Hörte, wie sie aus Walter Pickerts Wohnung vorlas, und jeder Trost, den der Moment mir vielleicht gebracht hätte, war sofort wieder dahin.

Außerdem machte ich mir Sorgen, dass man mir auf die Schliche kommen könnte. Obwohl ich seit der Veröffentlichung vom „Schneeteufel" von keinem gehört hatte, war es durchaus denkbar, dass ein Teilnehmer des Schreibzirkels darauf stoßen, das Quellenmaterial erkennen, und sich an die Presse wenden würde.

Oder war das vielleicht schon passiert? Von wem war der zugesandte Zeitungsartikel? Warum kam die Polizei? Wieso war die Kripo so auf mich fixiert, bei ihren Ermittlungen?

Sicher, ich gebe zu, durch den Tod dieser Leute hatte ich nur Vor – und keine Nachteile. Aber würden Sie deshalb gleich ans Töten denken?

Und heute hoffte ich, wie die vielen Wochen zuvor, keinem der „Übrigen" des Zirkels zu begegnen. Isny ist nur eine kleine Stadt mit knapp vierzehntausend Einwohnern, da kann man sich schlecht verstecken. Obwohl, es gab ja nur noch zwei, Serge und Manfred, die mich verraten konnten. Vielleicht sollte ich ihnen zuvorkommen?

Ich könnte ja recherchieren, die beiden aufsuchen, und sie dann fragen, ob sie von den Unglücksfällen der anderen auch schon gehört hatten. Vielleicht waren sie untereinander in Kontakt geblieben, was mir aber unwahrscheinlich erschien, sonst hätten sie sich schon längst gemeldet. Aber wie heißt es so schön, „man kann auch Unglücke herbeireden", in diesem Fall war es dann auch so.

31. Kapitel

November 2014. Einen Monat vor Sophies Verschwinden.

Es war am Samstagnachmittag der darauf folgenden Woche. Die „Fans" drängelten sich an meinem Tisch, als ich meine Bücher bei „Hugendubel" in Kempten signierte. Es war vierzehn Uhr dreißig, und seit ich vor einer Stunde kam, betonte die Verkäuferin hinter mir, war die Filiale noch nie seit Bestehen, so voll wie heute. Das „Forum" ist das größte Einkaufscenter der gesamten Allgäuer Region und die Leute die hier bummelten, kamen teilweise über fünfzig Kilometer weit hergefahren.

Dann stand er plötzlich vor mir. Serge! Mir fiel fast der Kugelschreiber aus der Hand, als er mich auf einmal angrinste und mir die Hand reichte.

„Hallo Peter, wie geht`s?", fragte er mich.

„Gut, ich hoffe dir auch?"

„Nein leider nicht. Im Vergleich zu dir geht's mir wirklich beschissen."

„Warum?"

„Das frägst du noch? Du verdienst dich hier dumm und dämlich und ich hab Probleme meine Miete zu bezahlen."

„Das tut mir leid", log ich.

„Das bezweifle ich. Es wird dir eher scheißegal sein."

Da hatte er zwar Recht, aber ich versuchte ihn mitleidig zu betrachten, als ich wieder einmal eine Unterschrift auf mein Titel-Cover schrieb. Mittlerweile konnte ich fast blind unterschreiben.

Seine anfängliche freundliche Stimme, klang innerhalb von zwei Minuten fast bedrohlich. Zudem kam er äußerst ungünstig. Wenn er mir jetzt eine Szene machen würde, mit „meiner Geschichte", hätte ich ein großes Problem.

„Wir könnten uns in einer halben Stunde im Eiscafe einen Stock tiefer treffen", schlug ich deshalb schnell vor.

Gott sei Dank, ging er gleich darauf ein. Er sah mich an und meinte mit ernstem Blick: „Okay, ich warte um sechzehn Uhr. Und versetz mich nicht."

Ich nickte und drückte einer siebzigjährigen Frau mein Buch in die Hand, und fragte mich, ob sie auch zu meiner Leserschaft gehört oder das Taschenbuch ihrem Enkel schenkte.

Kurz nach sechzehn Uhr, sah ich ihn im Eiscafe Dolomiti sitzen, mit einem Erdbeerbecher in der Hand. Zumindest verging ihm nicht der Appetit. Ich beschloss ihn einzuladen, schließlich hatte ich, in nicht einmal zwei Stunden eben, fünfhundert Euro verdient. Und außerdem musste ich schleunigst erfahren ob der Knilch was über den Bücherschwindel wusste.

32. Kapitel

Montags, zwei Tage später.

Nachdem ich meinen kleinen Schatz in die Schule gebracht hatte, sie war seit zwei Monaten in der zweiten Klasse, fuhr ich nach Lindau. Ich hatte heute die sechsundvierzigste Signierstunde in diesem Jahr, in der größten Buchhandlung auf der Insel, um 11.00 Uhr. Die Zeit für die Signierstunde spielte in Lindau keine so große Rolle, noch waren ausreichend Touristen in der Stadt, aufgrund der ungewöhnlich milden Tage im November.

Ich konnte mein Auto auf der Rückseite des Gebäudes parken, und schlich mich über den Hintereingang ins
165

Gebäude. Dann fuhr ich mit dem Aufzug in den zweiten Stock hinauf. Oben angekommen, sah ich, dass auf meinem Schreibtisch, ein Stapel Bücher sowie ein paar Dutzend Becher für die Besucher bereitstanden. Ergänzt durch fünf Apfelsafttüten und sechs Flaschen Mineralwasser auf einem Beistelltisch. Sekt als Begrüßungs-Drink hatte der Besitzer der Buchhandlung abgelehnt. Um den Tisch herum standen bereits die ersten „Fan`s" und Kunden, die mich freundlich begrüßten als ich Platz nahm. Die Buchhandlung Linder in der ich war, besaß das letzte verbliebene Internetcafe in der Stadt. Vor fünf Jahren gab es noch vier. Es war im gleichen Stockwerk wo ich mich jetzt befand, acht Meter links von mir in der Ecke, mit fünf Tischen. Vom großen Fenster an der Südseite, drangen Sonnenstrahlen auf meinen Kopf, die kaschierten wie verlegen ich war. Staubartikel kreisten wie Atome in den blendenden Strahlen, falls dahinter Menschen standen, konnte ich sie nicht erkennen. Erstaunlich war, dass ich trotz der vielen Stunden, die ich jetzt schon in Messen und Buchhandlungen mit solchen Stunden verbrachte, immer noch eine große Portion Schüchternheit und Verklemmtheit in mir hatte. Heute fiel mir auf, dass nicht viele Leute den Weg hierher gefunden hatten. Zumindest bis jetzt.

Vielleicht hatten manche schon einen Verdacht, dass ich nicht der war, der ich vorgab zu sein, und den Raum voller Abscheu verlassen. Vielleicht waren die, die hier waren, nur deshalb da, weil sie nur darauf warteten, dass jeden Moment die Polizei kam und mich in Handschellen abführte?

Aber sie warteten „nur" auf mich. Auf die Worte die jede

Zuhörerschaft braucht, um den Zauber zu brechen, unter dem sie stand.

„Vielen Dank", sagte ich wieder einmal, als eine circa sechzigjährige Dame mich für „meinen" spannenden Roman beglückwünschte.

Neben mir stand eine Flasche Wasser und eine einzelne Rose in einer Vase. Eine junge Verkäuferin stand hinter einer Registrierkasse neben meinem Beistelltisch, wo bestimmt zweihundert Exemplare meiner Bücher auf einem Stapel lagen. Seit einer Woche gab es auch zur bisherigen Taschenbuchausgabe, eine Neuauflage mit geprägtem Hardcover-Einband, wo fast das Doppelte kostete. Das Titelbild auf dem Cover war das gleiche wie bei den Taschenbüchern. Tausende Male hatte ich das Cover jetzt in den letzten Monaten schon gesehen, trotzdem wirkte es so fremd, als würde ich zum ersten Mal damit konfrontiert.

Die beiden Eingänge und die breite Treppe, die die Auto-grammjäger in ordentliche Reihen lenken sollten, erinnerte mich an Vieh das zur Schlachtbank geführt wurde. Aber in diesem Fall wartete nur ich am anderen Ende. Mit einer Miene zu einem spöttischen Grinsen gefroren oder was immer auch von dem Ausdruck übrig geblieben war, der einmal als Lächeln begann.

Und dann kamen sie in Scharen! Keine Meute (es sind schließlich Leser), die aber nichtsdestoweniger, leicht über-eifrig mit Ellenbogeneinsatz ein Buch erwarben, mich signieren ließen und dann schnell davoneilten, bevor auf dem Parkplatz das Chaos ausbrach.

Wie würde sich wohl das Ganze anfühlen, wenn dieses

Buch ganz und gar meins wäre? Verdammt angenehm, vermutete ich. Begegnungen zwischen zunehmend seltenen Vögeln, Autor und Leser, die ihr gegenseitiges Engagement, in einer Art heimlichen Widerstands bekräftigten.

Manchmal gab es sogar einen Flirt oder eine Ermutigung extra. Stattdessen besudelte ich nur fremdes Eigentum, viel mehr Vandale als Künstler.

Ich war nach einer halben Stunde so richtig in Fahrt. Mit gesenktem Kopf blockte ich jedes aufkommende Gespräch ab. Ich wollte nur noch so schnell wie möglich wieder weg, heim zu Sophie und ihr über die Hausaufgaben schauen. Vielleicht blieb sogar noch Zeit für ein Spiel.

Ein weiteres Buch wurde über den Tisch geschoben. Ich schlug es auf und zückte wieder meinen Stift, wie bestimmt schon dreitausend Male, die letzten Monate.

„Was immer du schreiben solltest, speis mich nicht mit irgendeinem „alles Gute" ab!"

Eine Männerstimme. So frech, so spöttisch, mit leicht lispelnder Zunge. Manfred! Oder doch nicht? Vielleicht fehlte auch etwas? Die runde Hülle von Wörtern, die nicht die Absicht hatten, mich zu verletzen. Ich blickte auf, er war es leider wirklich, und hatte mich jetzt auch gefunden. War er der Zusender des Zeitungsartikels? Das Buch das ich in Händen hielt, fiel zu Boden. Die Frau, die es mir wenige Sekunden zuvor auf den Tisch gelegt hatte, sah mich verletzt und leicht gekränkt an.

Vor mir stand Manfred, mit braunem Schlapphut und

Zehntages-Bart. Er trug ein blaues Sakko und eine graue Flanellhose mit grünem Hemd. Fehlte nur noch eine Krawatte, dann hätte man ihn für einen verschüchterten Postbankbeamten halten können. Seit dem damaligen Autorenzirkel schien er um Jahre gealtert. Er wirkt blass und die Falten auf der hohen Stirn schienen wie eingemeiselt zu sein. Irgendetwas in mir hätte ihn am liebsten durch die Fensterscheibe geworfen.

„Hi", presste ich nur mühsam hervor. „Wie geht's?"

„Nicht so gut wie dir anscheinend. Was bekommst du denn für so eine Signierstunde?"

„Ach, es reicht um hinterher mein Auto vollzutanken. Aber du bist nicht gekommen um ein Autogramm zu holen, oder?"

Die Frau neben Manfred, die mir zuvor ihr Buch gereicht hatte, drängte vorwärts, hustet lauter als nötig und stößt mit ihrer Birkenstocksandale auf das Tischbein.

Manfred lächelte, eher gequält, doch irgendetwas in seiner Haltung veränderte sich. Sein Lächeln erstarrte in seinen Mundwinkeln.

„Hast du - ...?", setzte er an und schien schlagartig den Faden verloren zu haben. Er beugte sich noch näher zu mir vor. „Hast du einen von ihnen je wieder gesehen?"

„Hie und da, aber selten."

Manfred bedachte meine Antwort, als hätte ich ihn vor ein Rätsel gestellt. Die Frau mit den Birkenstock-Sandalen machte nochmals einen ganzen Schritt vorwärts, hinter ihr gab es schon einen „leichten Stau".

Die Filialleiterin der Buchhandlung sah unsere Unterhaltung und kam auf uns zu.

„Herr Kelly, führen Sie doch bitte Privatgespräche später, Sie sehen doch das die Leute ungeduldig werden. Es stehen ja bald vierzig an", flüsterte sie mir ins Ohr.

Sie hatte Recht, ich musste die Konversation beenden, sonst gab`s womöglich noch Tumulte. Die Frau hinter Manfred, war neben ihn getreten, ein rebellischer Akt, der drohte, eine zweite Reihe zu eröffnen. Aus Furcht vor einem möglichen Chaos, nahm die Verkäuferin das Buch, das Manfred zuvor auf dem Tisch abgelegt hatte, in die Hand, schlug es auf und drückte es mir fast gewaltsam in die Hände. „So", brummte sie.

Ich signierte zunächst nur mit meiner üblichen Unterschrift, die ich aber im Lauf der Monate kunstvoll mit schönen Schwüngen immer mehr künstlerisch „verfeinert" hatte.

„Ich hoffe, es gefällt dir?", sagte ich zu Manfred und reichte ihm das Buch.

Er nahm das Buch in die Hand, starrte mich nur an, und überlegte was er noch sagen sollte. Die „Birkenstock-Dame" schien endgültig die Geduld verloren zu haben. Aus einem halben Meter Höhe ließ sie das Buch in ihren Händen auf den Boden krachen und stieß erneut mit dem Fuß gegen meinen Tisch, sodass mein Becher Apfelsaft wackelte. Im letzten Moment konnte ich ihn noch fassen, sonst wäre der Saft vielleicht über das Buch gelaufen.

Im selben Moment packte Manfred meinen Unterarm, und beugte sich bis auf wenige Zentimeter auf mein Gesicht zu, als wollte er mich küssen.

„Ich muss mit dir reden, heute noch!" Dann gab er mir die Hand und ich spürte, dass er sie mir nur gab, um mir eine Karte in die Hand zu drücken.

„Ich melde mich spätestens bis morgen", antwortete ich, und ließ die Karte in meiner Brusttasche verschwinden.

Dann drängte er sich an der Verkäuferin vorbei, die versuchte ihn unauffällig Richtung Ausgang zu bugsieren. Er schüttelte ihre Hand ab und rempelte sie noch leicht. Vorsichtshalber nahm sie dann einen Meter Abstand, bevor er hastig mit unsicheren Schritten um die Ecke verschwand.

„Es hat mir gefallen", sagte die Birkenstock-Frau, als meine Hände wieder ruhig genug waren, um ihr Exemplar aufzuschlagen.

„Aber das Ende war ein bisschen unglaubwürdig."

33. Kapitel

Am nächsten Morgen weckte mich der Radiowecker mit der Nachricht, dass es aufgrund der ersten kleinen Kältewelle, die ersten überzuckerten Berge mit Schnee bis auf zwölfhundert Meter gab. Meine kleine Wetterstation zeigte eine Außentemperatur von sechs Grad an. Es würde nicht mehr lange dauern, dann war der größte Teil der Allgäuer Alpen im weißen Winterkleid.

Was mich aber noch viel mehr interessierte, war eine ganz andere Mitteilung: Bei den Neun-Uhr-News des RSA-Radios in Kempten, verkündete die Sprecherin ein Unglück, dass sich auf der Illerbrücke zugetragen hatte. Dort hatte ein vierzigjähriger Mann, Osteuropäischen Ursprungs, vermutete die Polizei nach ersten Einschätzungen, „Suizid" begangen. Er stürzte sich vermutlich aus vierzig Metern Höhe in die eiskalte Iller, trieb dann noch ein Stück, bevor er am Wasserkraftwerk vom Allgäuer Überlandwerk an der Staumauer von einem Mitarbeiter entdeckt wurde. In dem einminütigen Bericht kam nicht heraus, wann der Todeszeitpunkt eingetreten war. Der Angestellte des Stromversorgers „AÜW", fand ihn morgens um acht Uhr, letzten Montag.

Genüsslich schmiss ich mir eine halbe Packung von meinem Knuspermüsli in eine Schale, und goss etwas Milch drauf. Dann schnappte ich mir die Karte, die mir Manfred gestern in die Hand gedrückt hatte, und beschloss ihn nach meinem Frühstück anzurufen.

Fünfzehn Minuten später, nachdem ich den letzten Löffel meines Müslis gegessen hatte, rief ich ihn an.

Auf der Karte stand nur handschriftlich notiert eine Handy-Nummer und der Hinweis: **Ruf an, so schnell es geht!**

Eigentlich wollte ich es nicht tun, aber die Gefahr, dass er noch mal so einen Auftritt hinlegte wie gestern, war mir entschieden zu groß. Ich musste nach der gestrigen Beendigung in Lindau, der Filialleiterin noch ein Buch und ein Abendessen versprechen, damit sie den Vorfall vergaß. Zudem war auch bei Manfred alles möglich. Ich traute ihm ohne weiteres zu, dass er der Presse Tipps gab, obwohl ich mit ihm als Einzigen nach dem Zirkel, noch einen Drink genommen hatte, außer dem gemeinsamen Abendessen. Ich erreichte ihn sofort und wir verabredeten uns mittags um dreizehn Uhr im „Barfüsser" in Memmingen, einer urigen Brauereigaststätte. Es war sein Wunsch, vielleicht wohnte er in der Nähe von Memmingen. Damals beim Seminar hatte er mir nur erzählt, dass er in einem kleinen Kaff in der Nähe von Leutkirch lebte. Ab heute beschloss ich zudem, mich vorerst nicht mehr zu rasieren, ich wollte sehen, wie mich ein Bart verändern würde. Außerdem erhoffte ich mir natürlich noch mehr Anonymität. Mit Bart und Brille würde mich hoffentlich nicht mehr jeder sofort erkennen, langsam ging mir nämlich mein Bekanntheitsgrad buchstäblich auf den Sack.

Um kurz vor dreizehn Uhr traf ich im Lokal ein, und trotz der Kälte von maximal neun Grad, saß er im Freien, warum auch immer. Sollte mir nur recht sein, so konnte keiner lauschen, was wir so besprachen.

„Hallöchen mein lieber Peter", sagte er so schmalzig, als wäre ich sein schwuler Freund.

„Hi, Grüß dich. Öfter hier? Scheint ja ganz nett zu sein auf den ersten Blick hier."

„Bin mehr im Sommer hier, wenn Stadtfest oder Fischertag ist, dann kriegst du hier kaum noch einen Platz, obwohl es hier zweihundertfünfzig Plätze gibt."

Zwanzig Minuten faselten wir ausschließlich nur belangloses Blabla. Während er so sprach, fragte ich mich, was er wusste? Ich musste versuchen mehr rauszufinden. Wir bestellten beide Pizza und ein Alkoholfreies, bevor er dann auf einmal anfing: „ Wie viel verdient man eigentlich so im Jahr bei den verkauften Exemplaren deines Buches?"

„Warum willst du das wissen?"

„Nur so, oder ist das ein Geheimnis?"

„Nein bestimmt nicht. Im Schnitt gibt's zehn Prozent vom Nettopreis des Buches im Durchschnitt aller Verlage."

„Das heißt, wenn du eine Million verkauft hast, gibt's ungefähr Einhunderttausend Euro?"

„So ungefähr."

„Und dann das Taschengeld für die Signierstunden, da kommt dann bestimmt noch zwei − bis dreitausend Euro im Monat dazu."

„Kann sein."

Unsere Pizzen kamen und unterbrachen seine Fragerei. Als

die Bedienung wieder verschwand, fragte ich mal zur Abwechslung, während er sich eine Gabel in den Mund steckte.

„Hat dir denn die Geschichte gefallen Manfred?"

„Ja eigentlich schon, aber es ist eine geklaute Geschichte Peter!"

Mir blieb fast der Bissen im Hals stecken. Jetzt waren wir am „Punkt" angelangt. Mir war klar, dass das kommen musste. Warum sollte er sich sonst mit mir treffen?

„So kann man es nicht sagen. Ich habe mir gewisse Elemente einer anderen Story besorgt und sie dann aufbereitet und verfeinert."

„Du lügst. Ohne Marias Geschichte hätte dein Buch niemanden interessiert."

„Darüber lässt sich bis zu einem gewissen Punkt streiten. Ich meine die Handlung…………………."

„Peter!"

„………musste noch erheblich erweitert, ganz zu schweigen von der erforderlichen Fantasie für………………"

„Du hast eine Geschichte schamlos geklaut und dafür noch einen Menschen umgebracht!"

Jetzt war es raus. Was wusste er? Oder reimte er sich nur irgendwas zusammen? Nicht nur das er mich des Diebstahls bezichtigte, jetzt war ich auch noch ein Mörder für ihn.

„Bist du wahnsinnig? Wen soll ich umgebracht haben?"

„Maria!"

„Es war kein Mord, es war ein Unfall."

„Ein äußerst seltsamer Unfall. Die Polizei hatte nur keine Beweise gegen dich."

„Ich weiß nicht, was du da redest. Wir kamen von der Strasse ab und stürzten eine Böschung runter. Ich bin auch nur knapp am Tod vorbei geschrammt. Okay, ich gebe zu, ich wollte ein Buch, aber das mit Maria war ein tragisches Unglück."

„Ich glaube dir nicht." Aus seiner Stimme schwang Wut und Hass. Warum wollte der verdammte Kerl das Treffen?

„Gut, ich gebe es zu. Ich hatte keine vernünftige Story. Und das von Maria hat uns allen gefallen. Aber die Story war sehr dünn und vieles unklar. Ich habe daraus eine ansehnliche, interessante Story gemacht."

„Erzähl mir, was du mit ihr besprochen hast. Ihr hattet doch ein Verhältnis?"

„Ja, wir hatten uns einige Male verabredet. Es war geplant, dass wir gemeinsam die Geschichte verbessern und unter beiden Namen veröffentlichen würden."

„Und dann kam dieser komische Unfall, du hast dir ihr Manuskript geschnappt und gleich gedacht, jetzt bring ich`s alleine raus."

„So ungefähr."

Gut, das keiner unsere Diskussion verfolgen konnte, wir waren nach wie vor die Einzigen auf der Terrasse. Nur innen saßen noch knapp zwanzig Leute.

„Peter, mir geht es sehr schlecht. Ich habe meine Arbeit

verloren und in zwei Monaten muss ich Sozialhilfe beantragen, auch „Hartz 4" genannt."

„Tragisch."

„Ich brauche Geld. So schnell wie möglich. Auch meine Frau hat mich verlassen. Ich fühle mich wie der letzte Dreck."

„Wieviel?"

„Zweihunderttausend Euro."

„Bis wann?"

„Nächste Woche."

„Unmöglich. Soviel Geld kann ich niemals in so kurzer Zeit besorgen. Teile des Honorars hab ich in mein Haus und Auto gesteckt. Ich bekomme ja nicht mal jeden Monat eine Abrechnung."

„Wann kommt die Nächste?"

„Mitte Januar, für das zweite Halbjahr 2014."

„Okay Peter. Ich mache dir jetzt einen unwiderruflichen Vorschlag: Nächste Woche gibst du mir hunderttausend, und im Januar den Rest. Wie du das Geld auftreibst ist mir scheißegal, ich weiß, dass das geht."

Ich wusste, dass er sich auf keinen anderen Kompromiss einlassen würde. Ich gab ihm zwar dadurch ein Teilgeständnis, aber ich sah momentan keine andere Möglichkeit als es zu akzeptieren.

„Ich weiß, wie viele Exemplare pro Monate über den Ladentisch gehen, da gibt dir dein Verlag auch bestimmt gern einen Vorschuss, wenn grad nicht soviel auf deinem Konto liegt."

„Gut. Wie weiß ich, dass du nach dem Erhalt des Geldes keine weiteren Forderungen stellst?"

„Du musst mir halt glauben, es wird dir nichts anderes übrig bleiben."

Seine Worte klangen abfällig und zynisch. Mir war bewusst, dass er es ernst meinte. Er wollte an einer Geschichte partizipieren, die eigentlich nicht meine war. Wer sollte es ihm verdenken, vielleicht würde ich an seiner Stelle genauso handeln? Ich hatte zwar einen großen Teil des Geldes verbraten, aber wie er schon sagte, durch die regelmäßigen Verkäufe würde ich kein Problem haben, ein paar Hunderttausend locker zumachen. Allein in Nordamerika waren dreihunderttausend meiner Bücher über die Ladentische gegangen. Dazu kam fast die gleiche Anzahl an ebooks und Hörbücher, wo ich doppelt soviel Provision bekam. Nicht zu vergessen die Signierstunden und Auftritte bei Rundfunk und TV-Stationen, die noch einige tausend zusätzlich einbrachten.

„Gut, machen wir es so", sagte ich. „Ich versuche das Geld die nächsten acht Tage aufzutreiben und rufe dich dann an."

„Nein, wir machen es so wie ich sage. In genau einer Woche, um die gleiche Zeit, sitzen wir wieder hier. Und statt deiner schönen Bücher, bringst du das Geld in großen Scheinen in einer kleinen Tasche mit. Solltest du nicht kommen, oder versuchen Zeit zu schinden, geh ich noch am gleichen Nachmittag zur Polizei und der Schwäbischen

Zeitung."

Als ich seine Worte hörte, veränderte sich was in mir. Etwas, dass ich nicht immer unter Kontrolle habe. Ich weiß nicht, wie ich es ausdrücken soll. Aber eines wusste ich: Das Geld würde er nicht bekommen!

„Das Essen geht auf mich", sagte ich zur Bedienung als sie fragte ob alles in Ordnung sei. Das Essen würde das Einzige sein, wo ich ihm jemals schenken würde, solange er noch lebte.

Aber nicht das Sie jetzt denken, ich plante seinen Mord. Ich hatte einen guten Verbündeten, einen, mit dem ich mich die letzten Monate arrangiert hatte, der mich nicht mehr in meinen Träumen verfolgte, sondern der mir half. Es war einer der mächtigsten Freunde den man sich nur vorstellen konnte, und er würde mir auch diesmal helfen.

34. Kapitel

Am nächsten Morgen weigerte ich mich, in Gedanken noch einmal auf das Treffen mit Manfred zurückzukommen. Außer, dass er anscheinend keinerlei Absichten hatte, mich zu verraten, sofern er das Geld bekommen sollte. Und was die anderen Dinge betraf, die mein Innerstes aufwühlten, gab ich mir Mühe sie zu verdrängen. Das Leben brauchte neue Rituale, neue Gewohnheiten, die Sophie und ich solange wiederholen konnten, bis sie für die Tage, die kamen, einen Pfad markiert hatten, dem wir folgen konnten. Wir fuhren nachmittags ins Gewerbegebiet am Lindauer Hafen, wo die alten Lagerhäuser und Schuppen in Nachtclubs und Eigentumswohnungen umgewandelt worden waren. Ich musste ein paar Dinge beim Obi-Baumarkt holen, danach kauften wir bei Edeka ein, um genügend Brot zu haben, damit wir später die Enten und Schwäne am Hafen noch füttern konnten. Wir fuhren auf die Lindauer Insel und schlenderten an der Hafenpromenade entlang. Jetzt im November war es hier angenehmer als in der Hochsaison die bis Ende September ging. Auf der gegenüberliegenden Seite sahen wir die Schweizer – und Vorarlberger Alpen, die schon ein weißes Winterkleid trugen. Auf dem Gipfel des „Säntis", den wir auch sahen, lag schon fast ein halber Meter Schnee. Erzählten zumindest die Vorarlberger Nachrichten, die natürlich viel über diese Region berichteten. Wir gingen in das letzte Eiscafe das an der Promenade noch geöffnet hatte, alle anderen hatten bereits seit Oktober geschlossen. Wir verdrückten beide das größte Eis und unterhielten uns über die Schule. Die Lehrerin von Sophie hatte mir am Tag zuvor eine unangenehme Nachricht übermittelt. Eine, die sehr schwierig war, um sie mit Sophie zu besprechen. Ich konnte auch kaum glauben, was ich da zu Ohren bekam, aber anscheinend war es die Wahrheit.

Sophie war in der Schule gewalttätig geworden. Eine Nachricht die mir größte Sorge bereitete, als ob ich nicht schon genug Probleme hätte. Anscheinend wurde sie von einer Mitschülerin gehänselt und hat dann eiskalt zugeschlagen! Das lädierte Mädchen hatte ein blaues Auge und zwei Zähne weniger. Der Lehrerin, die sofort schlichten wollte, trat sie in den Unterleib.

Ich konnte es kaum glauben, dass das Kind zu solch einer Handlung fähig war. Sie war immer die Seele in Person, artig, hilfsbereit, zärtlich und verträumt. Gut, ich wusste, dass sie kaum Freundinnen in der Klasse hatte, warum war mir schleierhaft. Mit Alexa verstand sie sich blendend und es gab daheim nie Probleme. Aber anscheinend hatte sie auch eine andere Seite, die ich noch nicht an ihr kennengelernt hatte. Als sie so friedlich das Eis aß und mich aus ihren süßen Augen ansah, beschloss ich dieses Thema nicht mehr zu vertiefen. Ich wollte uns jetzt nicht den schönen Nachmittag verderben.

Als die Sonne langsam hinter dem Alpenkamm verschwand, begaben wir uns wieder Richtung Auto, das ich am Kino geparkt hatte. Als wir daheim ankamen, war der Tisch schon gedeckt und Alexa hatte Spagetti für uns gekocht. Wir aßen bedächtig und ruhig, als würden wir alle drei unseren Gedanken nachhängen. Als Sophie nach dem Essen beim Aufräumen noch half, verdrückte ich mich in mein Büro. Ich schaltete meinen Computer ein um mich noch eine Stunde virtueller Masturbation hinzugeben. Dabei googelte ich mich selbst, und wie immer tauchte als erster Treffer meine offizielle Website auf. Auf der von der Marketingabteilung meines Verlages gestalteten Seite: peterkelly.de, gab es auch eine Seite für Kommentare, die ich gelegentlich anklickte. Die User die dort schrieben, sind meistens Vertreter von zwei extremen Lagern; glühender Fan oder mit Dreck schmeißender Kritiker. Letzerer bevorzugte die Textgattungsprudelnde Tirade in Großbuchstaben, die den Bildschirm ein paar Stunden lang besudelte, ehe der Webmaster dazukommt, sie zu löschen. Was mich jedoch heute Abend erwartete, alarmierte mich ungleich mehr. Keine zusammenhanglosen Schmähungen, keine Korinthenkackerischen Korrekturen oder Geld-zurück Forderungen.

Nur ein Einziges anklagendes Wort: **D I E B** !

Weiter hatte der Absender nichts hinzugefügt. Angegeben war nur sein oder ihr User-Name: SCHNEETEUFEL1

Es könnte bloßer Zufall sein, aber ich war mir sicher, es war jemand, der was wusste.

Ich antwortete sofort. Das erforderte das Anlegen eines eigenen User-Profils: ENGEL112. − „Warum hast du Angst deinen richtigen Namen zu benutzen?" Ich las die Frage noch einmal durch und erkannte, dass sie viel zu freundlich und verständlich formuliert war. Ich versuchte, mich zu einer derberen Ausdrucksweise hinzureißen:

„Warum haben Vollidioten wie du Angst, ihren echten Namen zu nennen?"

Schon besser.

Ich drückte auf „senden" und lehnte mich auf meinem Stuhl zurück, zuversichtlich, dass der User von dieser sehr direkten Ansprache zurückweichen würde. Doch die Antwort erfolgte binnen sechzig Sekunden:

„Du hast noch keine Ahnung was ANGST ist!"

Ich wollte mich nicht näher auf diesen Disput einlassen und schaltete den Rechner aus. Einer dieser üblichen „Psychos", wo auch Facebook-Usern und anderen Angst einjagen wollte?

35. Kapitel

Am Tag darauf, zwei Uhr dreißig nachmittags, war Sophie auf einem Kinderworkshop in Eglofs, mit Fingerfarben malen, Theaterstücke einstudieren und Gedichte schreiben. Währenddessen fuhr ich nach Wangen, um mir das Buch „Barfuss durch das Allgäu" zu kaufen. Es war seit drei Jahren im Handel, und wurde jetzt als Restposten siebzig Prozent billiger verkauft. Ich hätte es zwar über Amazon oder einen anderen Online-Handel zuhause ordern können, wollte aber mit manchen Händlern in Kontakt bleiben, und konnte so oft neue Signierstunden für mich ausmachen.

Vielleicht konnte ich ja nicht mehr schreiben, aber das sollte mich nicht davon abhalten zu lesen. Zudem wollte ich mich noch in einem Sportshop nach ein paar neuen Schneeschuhen umschauen, der Winter stand ja schon in den Startlöchern. Mein Bart sprieß und ich setzte wieder eine Sonnenbrille auf, obwohl es leicht bewölkt war, als ich „Beckers Bookshop" betrat. Hier war ich vor sechs Wochen schon bei meiner Buchpräsentation, und ich merkte, dass keine der Verkäuferinnen mich erkannte, zumal ich noch eine Schirmmütze trug.

Als ich den Stapel mit Neuerscheinungen sah, und die vielen Kunden die eines der Bücher aufschlugen, hob das meine Laune. Ich ging den neuesten Kriminalromanen aus dem Weg und begab mich zu den Sachbüchern. Ich nahm eines der vielen Bücher in die Hand, verbarg mein Gesicht hinter dem aufgeschlagenen Einband und erlaubte mir einen verstohlenen Blick durch den Laden.

Nach wenigen Minuten fiel mir ein Mann ins Auge, der mein Buch in den Händen hielt. Eigentlich lagen meine Bücher einen Stock tiefer, bei der „Krimi-Abteilung". Er stand ungefähr acht Meter vor mir, in der hintersten Ecke des Raumes. Vor dem großen Fenster, wo man einen schönen Blick auf den historischen Marktplatz von Wangen hatte. Möglichst unauffällig versuchte ich, mich näher an den Mann heranzuschleichen. Das Gesicht kam mir bekannt vor, aber dass was ich sah konnte unmöglich sein. Ich sah wie der ältere Herr missbilligend das Gesicht verzog. Aber ich musste träumen oder die dunkle Brille schuf mir eine Illusion.

Es war Walter Pickert! Oder war ich in einem Traum gefangen? Mein ehemaliger Seminarleiter des Zirkels, war offenbar überhaupt nicht glücklich, was er über die veröffentlichten Seiten eines seiner Schüler sah. Dann wendete er schlagartig den Kopf. So abrupt, dass mich der Blick aus seinen hohlen Augen sofort traf, seine aschfarbene Haut legte sich in tiefe Falten, und er sah mich so vorwurfsvoll an, dass er aussah wie ein knurrendes Tier. Als ich ihn ungläubig anstarrte, fiel mir wieder ein, dass er tot war. Und im gleichen Moment, stieß ich mit der linken Hand einen Stapel Bücher vom Tisch, die neben mir schön aufgestellt waren. Zwei Dutzend Reiseführer purzelten auf den Boden, und ich zuckte vor Schreck ein weiteres Mal zusammen, sodass ich ins Stolpern geriet und auf dem Boden landete. Taumelnd versuchte ich mich auf den glatten, glänzenden Büchern auf die ich trat, wieder aufzurichten.

„Mein Gott, haben Sie sich verletzt?", fragte eine blonde Verkäuferin die zu mir sprang.

„Nein, alles okay! Ich bin bloß......, tut mir leid wegen den Büch......, ich, äh..., bezahle den Schaden", stammelte ich und blickte sofort zu der Stelle wo Pickert gestanden hatte. Aber da war niemand mehr. Das Buch, in dem er gelesen hatte, lag schräg auf einem Haufen von Exkanzler Kohls neuer Biografie, und war noch aufgeschlagen.

„Ist schon in Ordnung, Sie brauchen selbstverständlich nichts zu bezahlen Herr Kelly", sagte die Blondine. Vermutlich hatte sie mich erkannt, weil mir bei dem Sturz die Brille und Mütze vom Kopf fiel.

Nachdem ich ihr versprechen musste, ihren selbst in Arbeit befindlichen Roman zu lesen, schlich ich mich aus der Buchhandlung.

Auf meinem Weg in die Innenstadt, fragte ich mich erneut, ob das Sehen von Gespenstern, Symptom einer ernsthaften Störung war? Unverarbeitete Trauer, die deshalb zu einem ausgewachsenen psychotischen Zusammenbruch, wie eben in der Buchhandlung, geführt hatte. Akuter posttraumatischer Stress womöglich?

Vielleicht brauchte ich Hilfe, vielleicht war es aber auch schon zu spät. Aber der alte Mann hatte so echt ausgesehen, nur acht Meter entfernt, ohne verschwommene Konturen oder spektrales Schweben, wie man es den meisten übersinnlichen Erscheinungen zuschreibt. Es war Walter Pickert, tot oder tot aussehend, aber trotzdem da.

Als ich den kühlen Schatten der Bäume am Stadtpark erreichte, hatte ich einen Entschluss gefasst. Wenn meine geistige Gesundheit sich schon verabschiedete, war es meine Aufgabe dies für mich zu behalten. Sophie hatte schon ein Elternteil verloren. Ein verrückter Vater der auf sie aufpasste, war immer noch besser, als gar keiner.

Ich beschloss nach Eglofs zu fahren, um Sophie noch beim Spielen zuzusehen. Es war für November noch ungewöhnlich mild, mit knapp zwölf Grad.

Am Rande des Zauns von dem Kinderlager, beobachtete ich Sophie und die anderen Kinder beim Spielen und Arbeiten. Meine Kleine saß auf einer Schaukel, die wie ein Pilotensitz aussah und schaute in meine Richtung. Ich winkte, aber sie winkte nicht zurück. Ich war mir sicher, dass sie mich gesehen hatte, und fragte mich einen Moment lang verwirrt, ob sie wirklich Sophie war. Doch dann fiel mir langsam wieder ein, dass meine Tochter langsam in das Alter kam, wo die eigenen Eltern peinlich wurden. Sie wollte nicht, dass die anderen Kinder sahen, dass ihr Vater mit einer doofen Büchertüte in der Hand dastand und winkte.

Später auf der Fahrt nach Hause kam sie mit einer anderen Erklärung. Sophie hatte nicht gewunken, weil sie von der anderen Seite des Zauns ein fremder Mann angestarrt hatte.

„Das war ich", erklärte ich ihr.

„Nicht du Papi. Dich hab ich gesehen. Der andere Mann. Hinter dir."

„Hinter mir war niemand."

„Hast du geguckt?"

„Was willst du zum Abendessen?"

„Hast du? Hast du ihn ges……?"

„Wir haben zu Hause Hähnchen, Lasagne, Tintenfischringe zum frittieren. Los. Nenn mir das Gericht deiner Wahl."

„Okay. Big Mäc zum mitnehmen. Oder Döner Kebab."

„Aber ich habe doch heute Morgen die ganzen Lebensmittel gekauft."

„Du hast mich gefragt, was ich haben möchte."

Später, nach unserem Abendessen, kam Alexa und kümmerte sich um Sophie und den Saustall in der Küche. Ich ging in mein Büro und hörte den Anrufbeantworter ab. Zwei Telefonverkäufer, ein Anrufer, der gleich wieder aufgelegt hatte, ein vollkommen Fremder, der fragte, ob ich sein Manuskript an meinen Agenten weitergeleitet hatte, und Paul Glaser, mein bester Freund, der wissen wollte, ob der große Schriftsteller Lust hätte, mit ihm mal wieder richtig saufen zu gehen. Ich schrieb mir das Wichtigste auf, und beschloss heute Abend niemand mehr zurückzurufen. Ein Rückzug ins Bett erschien mir heute am sinnvollsten, zumal ich noch Aspirin schlucken musste, aufgrund meiner einsetzenden Kopfschmerzen.

Eine Stunde später sagte ich Sophie und Alexa „Gute Nacht", und verzog mich in mein Schlafzimmer. Ich lag auf meinem Bett und starrte an die Decke. Das Wanderbuch das ich mir heute gekauft hatte, hob ich mir für das Frühjahr auf. Ich hatte mit nicht nur eines zum lesen sondern auch schreiben gekauft. Vielleicht brach ich mir damit ein selbst gegebenes Versprechen. Aber ich dachte mir, es kann keinen Schaden anrichten, sich ein paar Notizen zu machen. Ich nahm das Notizbuch und einen Stift, und begann zu schreiben. Stichpunkte, die die Ereignisse abdeckten, als Serge und Manfred bei meinen Signierstunden auftauchten. Danach ging ich zum Anfang des Kreises zurück, zu meiner ersten Begegnung mit der Geschichte des Schneeteufels und der Zeit der Morde danach. Ich schrieb eigentlich gar nicht, sondern trug nur Fakten und Eindrücke zusammen. Wenn ich die Götter erzürnt hatte, weil ich eine Geschichte geklaut hatte, kann doch zumindest diese ungeschönte Chronik meines eigenen Lebens kein Vergehen sein.

Aber selbst in diesem Punkt irrte ich mich.

Da vernahm ich ein Geräusch aus dem Erdgeschoss. Etwas, dass mich aus diesem Zustand weckte, bei dem man einschlief, ohne sich dessen bewusst zu sein. Ein Klappern, gefolgt von einem winzigen Widerhall, der bestätigte, dass sein Urheber so schwer war, dass man die üblichen „Verdächtigen" in puncto „seltsamer nächtlicher Geräusche", ausschließen konnte.

Zuerst dachte ich, es war ein Vogel, der die durchsichtige Schiebetür zur Terrasse mit dem Nachthimmel verwechselt hatte. Und es hätte auch ein Vogel sein können, wenn da nicht das folgende Geräusch gewesen wäre: Das schrille Kratzen von Fingernägeln auf Glas! Ich zog meinen Bademantel und Pantoffel an, und sah nach Sophie nebenan. Sie schlief ruhig und fest. Ich zog die Tür wieder leise zu und schlurfte zum Treppenabsatz. Man hörte nur das knarrende Geräusch alter Holztreppen. In der Ferne vernahm ich leichtes Donnergrollen eines herannahenden Gewitters. Im Erdgeschoß konnte ich keine Spuren eines Eindringlings erkennen, aber warum auch?

Wenn jemand sich mit der Absicht uns etwas anzutun, gewaltsam Zutritt zum Haus verschafft hätte, wäre es wenig sinnvoll, unterwegs Beistelltische umzustoßen oder den Spiegel im Flur zu zertrümmern. Trotzdem beunruhigte es mich, Sophies Schuhe ordentlich auf der Fußmatte stehen zu sehen, und die noch unberührten Stapel von Briefumschlägen, die längst hätten im Briefkasten liegen sollen. Welches Böse könnte stark genug sein, diese Talismane zu überwinden?

Ich ging, so leise ich konnte, ins Wohnzimmer auf der Rückseite des Hauses. Ich sah den verschmierten Abdruck auf der Glastür zur Terrasse. Es hatte angefangen zu regnen, Tropfen träge und dick wie Öl, ein leises Trommeln auf dem Dach.

Dann leuchtete der Regen mit einem Mal silbern.

Irgendetwas im Garten hatte den Bewegungsmelder ausgelöst, den ich letzte Woche hatte einbauen lassen. Nicht der Regen (das Gerät war so eingestellt, dass es nicht darauf reagiert) oder sich bewegende Äste (es war windstill). Etwas, das groß genug war, um erfasst zu werden, als es sich von einem Ende des Grundstücks zum anderen bewegte.

Etwas, das ich nicht sehen konnte. Ich rannte in die Küche,

zog eine Geflügelschere aus der Schublade, die ich kampfbereit hochhielt, während ich zur Terrasse zurückeilte. Das Licht ging wieder aus, bevor ich da war. Nur drei Sekunden Helligkeit. Warum hatte ich nur dem Mann, der die Anlage einbaute, erklärt, er solle den Timer auf drei Sekunden stellen? Das reichte doch nicht einmal, um die Aufmerksamkeit eines Eichhörnchens zu wecken, geschweige denn, einen Einbruch zu vereiteln.

Aber jetzt fiel es mir wieder ein: Ich wollte nicht, dass die Nachbarn geweckt wurden. Dass das genau der Zweck einer solchen Anlage war, muss mir zu diesem Zeitpunkt entfallen sein. Ich schloss die Terrassentür auf, schob sie zur Seite und stieß mit der Schere in die Luft, als wollte ich sie in einen Leib aus Dunkelheit rammen. Nichts. Draußen ließ der strömende Regen meinen Bademantel sofort an meinen Körper kleben. Ich ging weiter auf die Terrasse. An ihrem Rand kam ich in Reichweite der Bewegungsmelder, und die Scheinwerfer flammten sofort auf. Der Garten erstrahlte plötzlich taghell, sodass alles aus dem matten Grau tauchte und in scharf umrissenen Konturen sichtbar wurde — der vertrocknete Rasen, die von Unkraut überwucherten Blumenbeete entlang des Zauns und der Gartenschuppen in der Ecke. Sonst nichts. Nichts ungewöhnliches.

Drei Sekunden später ging das Licht wieder aus. Der Garten dehnte sich in der Dunkelheit. Ich schwenkte einen Arm über dem Kopf, um den Bewegungsmelder erneut zu aktivieren. Alles, wie es war. Ein Vorhang aus Regen. Die blassen Umrisse der Nachbarhäuser. Ich hatte meine Pflicht getan. Zwei Uhr nachts und alles war in Ordnung. Zeit, wieder hineinzugehen, sich abzutrocknen und Schäfchen zu zählen.

Aber das tat ich nicht.

Eher abwesend hob ich noch einmal den Arm und reckte die Schere in die Luft. Und noch einmal ging das Licht an, und fiel auf jemanden der im Garten stand! Ein Mann, neben dem Schuppen, mit dem Rücken zum Zaun, das Gesicht von den herabhängenden Ästen der Weide im Nachbargarten verdeckt, die Arme locker neben dem Körper und an ihrem Ende die faltigen Handschuhe seiner Hände. Das Licht ging aus. Ich würde es niemals über mich bringen, erneut den Arm zu recken, wenn es nicht für Sophie gewesen wäre, meine Tochter, die eben in ihrem Bett schlief und sich darauf verließ, dass ich den schwarzen Mann fernhielt. Der Gedanke an Sophie ließ das Licht wieder angehen. Aber der Garten war leer! Bloß dasselbe traurige quadratische Grundstück wie zuvor, ein vernachlässigter Garten und ein Schuppen mit Spinnweben vor den Fenstern. Und niemand, der am hinteren Zaun lehnte. Wenn er überhaupt je da war, der schreckliche Mann der schreckliche Dinge tat.

36. Kapitel

Die beiden Kommissare Wintergerst und Kleinheinz fuhren bei Dauerregen von Ravensburg nach Biberach, zwanzig Kilometer vor Ulm. Das Landeskriminalamt machte Druck auf die beiden, da es in den letzten drei Jahren fast ein Dutzend Todesfälle und mysteriöse Unglücke gegeben hatte, die unaufgeklärt waren.

„Also, ich hoffe", meinte Hauptkommissarin Wintergerst, das uns das Gespräch mit den Eltern von Peter Kelly auch weiterbringt. Sie sind die Einzig noch Lebenden, die uns noch Rede und Antwort stehen können."

„Ja, hoffentlich sind sie gesprächsbereit und erzählen uns alles über ihn, oder zumindest einen großen Teil. Uns fehlt nur noch der Entscheidende letzte Beweis oder Hinweis, dass endlich die Staatsanwaltschaft den Haftbefehl ausstellt", antwortete der schlecht gelaunte Kleinheinz.

Dreißig Minuten später parkten sie vor dem gut achtzig Jahre alten Einfamilienhaus im Fachwerkstil, am Stadtrand von Biberach. Die beiden wurden erwartet, mit leichtem Widerwillen, hatten die Eltern tags zuvor, einer Unterredung zugestimmt.

„Kommen Sie rein", sagte Frau Kelly, als die beiden geläutet hatten und eine grauhaarige, korpulente Frau Ende sechzig öffnete. Sie ging voraus ins Wohnzimmer, wo ihr Mann bereits auf der Couch saß, und die beiden misstrauisch beäugte. Er gab ihnen die Hand, schaute aber keinem der beiden ins Gesicht.

„Ich habe einen Kaffee aufgesetzt", meinte Frau Kelly und verschwand eilig in der Küche, während ihr Mann kein Wort mit den Kommissaren sprach. Er war bestimmt über siebzig, und hatte einen grauen Haarkranz. Sein vom Leben gezeichnetes Gesicht hatte viele tiefe Furchen und Falten.

„Okay, reden wir nicht lang um den heißen Brei", meinte er mürrisch, während seine Frau den Kaffee brachte. „Was führt Sie hierher? Was hat unser Sohn verbrochen?"

Zögerlich begann Kleinheinz: „Ihr Sohn steht im Verdacht in den letzten Jahren mehrere Morde begangen zu haben, oder zumindest daran beteiligt gewesen zu sein."

Schweigen. Eine Minute nippte jeder an seiner Tasse.

Nachdem sich die beiden etwas gefasst hatten, ergriff Irmgard Kelly das Wort: „Wie sicher sind denn ihre Vermutungen und Beweise?"

„Ehrlich gesagt, nicht so hieb – und stichfest, dass wir eine Anklage erheben oder einen Haftbefehl ausstellen könnten. Aber deshalb sind wir ja hier, Sie können uns vielleicht den entscheidenden Hinweis geben, auch wenn es ihr Sohn ist."

Kelly starrte sie an, als ob er jeden Moment aufstehen würde.

„Aber der Reihe nach: Ist ihr Sohn der jetzt neununddreißig ist, die letzten Jahrzehnte, ich betone, Jahrzehnte, durch irgendwelche Abnormalitäten oder Ähnlichem aufgefallen? Uns interessiert vor allem der Zeitraum zwischen seiner frühesten Kindheit und Anfang dreißig."

Betretendes Schweigen, man hätte die Stecknadel hören können, wenn sie denn auf den Boden gefallen wäre, wahrscheinlich auch auf dem Teppich. Kelly sah nur auf den Boden. Nach kurzer Zeit sprach wieder seine Frau. „Peter war ein sehr aufgewecktes Kind, schon vor dem Besuch des Kindergartens, hyperaktiv. Früher hätte man gesagt; „ Zappelphilipp". Wir brauchten beide sehr viel Geduld mit ihm. Er wuchs ja auch ohne Geschwister auf. Als er in den Kindergarten kam, häuften sich die Probleme. Er fiel öfter durch aggressives Verhalten auf, auch die Erzieher konnten ihn manchmal nur schwer bändigen. Kurz vor Schulbeginn gingen wir auf Anraten der Kindergartenleitung, zu einem Psychologen. Auch er hatte es anfänglich schwer, den Jungen unter Kontrolle zu bringen. Dann bekam er Medikamente, damit er ruhiger wurde. Dadurch wurde es besser, sobald er aber die Psychopharmika nicht mehr nahm, ging es wieder los. Einmal wollte ihn der Lehrer aus seiner Klasse rausschmeißen, weil er ständig den Unterricht störte und auch manchmal die Lehrer bedrohte. Er war aber kein schlechter Schüler, immer einer der besten, und zwischen dem zwölften und achtzehnten Lebensjahr normalisierte sich sein Verhalten bis zum Abitur. Er hatte beim Abschluss einen Schnitt von 1,4 und studierte dann Politikwissenschaften in Stuttgart. Er machte dann das Studium aber nicht zu Ende, weil er anscheinend keine Lust mehr hatte, und einen lukrativen Job bei einem Rundfunksender bekam. Dort moderierte er über drei Jahre die Nachtsendung viermal die Woche, von Mitternacht bis sechs Uhr früh. Zusätzlich arbeitete er noch freiberuflich für den „Stuttgarter Kurier", wo er regionale Berichte für Politik und Sport schrieb.

Kommissarin Wintergerst notierte sich einige Stichpunkte bei dem Redefluss der Frau und fragte sie dann: „Hatten Sie während dieser Zeit regelmäßig Kontakt zu ihm oder woher wissen Sie dass so genau?"

„Bis zu seinem 23.Lebensjahr hatten wir regelmäßig Kontakt, er kam fast jedes zweite Wochenende heim. In Sindelfingen war er in einer Wohngemeinschaft mit zwei anderen Studenten. Dann wurde aber der Kontakt immer seltener, so als er Mitte zwanzig war. Er lernte eine Frau in Stuttgart kennen und war dann ziemlich häufig bei ihr."

„Kam er mit dieser Frau auch hierher zu Ihnen?"

„Einmal brachte er sie mit und sie blieben übers Wochenende. Aber es ging dann doch nicht lange. An Weihnachten kam er wieder nach Hause und erzählte das es vorbei ist."

„Wie hieß die Frau?"

„Yvonne Seebichler, warum?"

„Für uns sind alle Personen von Bedeutung, die länger mit ihm zusammen waren. Wissen Sie auch, ob er seine Partnerin jemals geschlagen hat?"

Jetzt mischte sich auf einmal Kelly Senior ein: „Hören Sie, wen soll unser Sohn getötet haben und warum?"

„Es besteht der Verdacht, dass Ihr Sohn in mindestens fünf Mordfälle verwickelt ist. Wir bekamen einen anonymen

Hinweis von einem Anrufer, der uns ein paar Details nannte, die ihn zum Hauptverdächtigen machen. Das geht los bei einem bestialischen Mord im Grünten-Skigebiet vor einigen Jahren und endet mit einem Mord in Leutkirch vor wenigen Tagen. Dort wurde ein Arzt und Psychologe in seinem Haus ermordet und auch seine Frau."

„Das ist ja furchtbar", sagte sichtlich schockiert Frau Kelly und griff sich ins Gesicht.

„Hatte ihr Sohn eigentlich eine Vorliebe für irgendwelche Märchen oder auch Horrorgeschichten?"

„Er war eine furchtbare Leseratte, wenn andere Jungs Fußball spielten, lag er oft im Zimmer und las alles mögliche. Warum fragen Sie?"

„Bei zwei Fällen konnten Zeugen eine große schwarze Gestalt erkennen, die sich am Tatort befand. Und das sonderbare ist, diese beiden Zeugen sagten aus, dass der große Mann nicht nur in Schwarz war, sondern anscheinend eine Teufelsmaske trug, die Hörner hatte."

„Das ist ja abartig", brummte Kelly.

„Wobei wir wieder bei ihrem Sohn wären. Der Psychologe, der mit seiner Frau getötet wurde, hat auch Ihren Sohn behandelt! Wir haben die Krankenakte von Ihrem Sohn studiert, er litt unter massiven Wahnvorstellungen. Trotz allem scheint er, falls er der Täter ist, sehr clever zu sein. Spuren gibt es keine, damit wir ihn endlich festnageln könnten. Bisher hat er immer ein gutes Alibi geliefert, das wir überprüften und das lupenrein war."

„Vielleicht liegen Sie ja mit ihrer Vermutung total daneben, es gibt halt für sie keine anderen Verdächtigen, deshalb konzentrieren Sie sich so stark auf Peter."

Kleinheinz und Wintergerst musterten die beiden Kellys und die Kommissarin setzte fort: „Ihr Sohn hatte vor dem Erscheinen seines Romans eine Affäre mit einer Frau aus Wangen. Bei einem Autounfall starb sie und er überlebte relativ glimpflich. Von unserem Informanten erfuhren wir, dass er diese Frau von einem Schreibzirkel in Ravensburg kennt."

„Und was ist daran so ungewöhnlich?", fragte Kelly.

„Von dieser Frau scheint ihr Sohn seine Geschichte geklaut zu haben, anscheinend hat ihn die Geschichte so fasziniert. Nur, dass schlimmere ist, wir können niemand mehr aus diesem Zirkel befragen, weil alle, bis auf einen, tot sind! Und der, der noch lebt, den finden wir nicht. Er meldete sich nur anonym bei uns, mit unterdrückter Nummer. Wir konnten ihn über die Mobilfunkzelle nicht orten."

Die Kellys hörten gebannt zu und die alte Frau begann auf einmal zu schluchzen: „Das ist alles so grauenvoll, wo soll das noch hinführen?"

„Wir müssen Ihren Sohn überführen, dass das Morden ein Ende hat. Auch sie sind in Gefahr."

„Wie meinen Sie das?", fragte Kelly verblüfft.

„Das auch Sie in Gefahr sind. Haben Sie ihren Sohn jemals geschlagen, oder auf andere Art und Weise gedemütigt?"

Nach kurzem Zögern antwortete Kelly: „Die ein oder andere Ohrfeige gab es vielleicht schon, aber dass muss ja nicht gleich einen zum Kriminellen machen. Sonst wären in den Sechziger und Siebziger Jahren viel mehr Mörder unterwegs gewesen, es waren aber viel weniger als jetzt."

„Gib doch zu", mischte sich seine Frau erbost ein, „dass du ihn häufiger verprügelt hast, wenn du nicht mehr weiter wusstest. Vielleicht ist er deshalb so missraten."

Die beiden Kommissare sahen sich nur vielsagend an, bevor Kleinheinz meinte: „ Wussten Sie, dass ihr Sohn auch in den letzten sechzehn Jahren häufig in psychiatrischer Behandlung war? Nicht nur bei Dr. Schöllhorn in Leutkirch sondern auch damals als er in Stuttgart war.

„Das hat er uns nicht erzählt, wir hatten ja auch nur noch selten Kontakt."

„Ihr Sohn war sogar fast ein Jahr lang, in der Psychosomatischen Klinik in Ulm. Das haben wir in seiner Krankenakte gelesen. Sehr interessant ist auch, dass dort vor elf Jahren eine Pflegerin arbeitete, die in seinem weiteren Leben eine große Rolle spielte. Seine zukünftige Frau."

37. Kapitel

Nach dem Essen mit Manfred, der Begegnung mit einem Geist, der mein Buch las, und der Sichtung eines Monsters in meinem eigenen Garten, sollte man meinen, ich hätte längst meine Sachen gepackt und mich mit Sophie in eine andere Zeitzone begeben. Stattdessen hatten mir die Ereignisse der letzten paar Tage die Antwort auf eine uralte Frage geliefert: Warum kehrten Leute in Horrorfilmen immer noch einmal in das Geisterhaus zurück, selbst wenn das Publikum zur Leinwand rief; Lauf! Fahr los, und halt nicht an! Es lag daran, dass man nicht weiß, dass man in einem Horrorfilm ist, bevor es zu spät war. Selbst wenn die Regeln, die das Unmögliche vom Möglichen trennen, aufzuweichen begannen, will man einfach nicht glauben, dass man nur eine weitere Ziffer in der Zahl der Gesamt-opfer war, sondern wähnte sich als der Held, der das Rätsel löste und überlebte. Niemand lebt sein Leben, als wäre er nur in einer grausamen Statistenrolle besetzt. Außerdem war es in meinem Fall nicht das Haus, indem es spukte. Ich war es selbst.

Nach Abschluss meiner Schneeteufel-Lesereise reichten meine Pläne nicht weiter als bis zu einem Rückzug aus dem Schriftstellerberuf, aus jedem aktiven Tun. Aber das war vielleicht ein Fehler. Womöglich hatte der Müßiggang der vergangenen Wochen einen Raum geöffnet, indem unerwünschte Elemente eindringen konnten. Doch, falsch! Ich hatte natürlich einen Job. Einen einzigen Zweck, dem ich mich verpflichtet hatte, als meine Frau starb; Sophie vernünftig aufzuziehen. Ein guter Vater zu sein. Meine wenigen guten Seiten mit ihr zu teilen und die zahllosen Mängel zu verbergen. Aber jetzt hatte sich meine einzige Verantwortung verändert: Ich musste meine Tochter nicht nur ernähren und erziehen, ich musste sie auch beschützen! Wenn es etwas schreckliches gab, dass mein grausames Buch in die Welt gebracht hatte, war der Urlaub vorbei. Ich hatte jetzt die gleiche Aufgabe wie das Mädchen in Marias Geschichte, das versucht hatte, die Bedrohung von den einzigen Menschen fernzuhalten, die es liebte. Ich musste sichergehen, dass es, wenn es uns heimsuchte, nur mich und nicht sie anrührte.

Als ich nach Hause fuhr, hatte ich ein merkwürdiges Gefühl das mich beschlich. Ein Gefühl, dass ich zunehmend damit verband, in seiner Nähe zu sein.

Wo war Sophie? Sie musste doch mit Alexa zu Hause sein, und warum war ich auf einmal so hektisch? Ich hatte den Schlüssel in der Hand, zog ihn aus der Tasche und hielt ihn gezückt in der geballten Faust. Und warum stand, als mein Haus in Sichtweite kam, ein Mann am Fenster zum Vorgarten? Er blieb regungslos stehen und sah mich an. Beobachtete, wie ich den Schlüssel ins Schloss schob und die Haustür öffnete. Der vordere Flur war dunkel. Er hatte das Licht nicht angemacht. Das brauchte er nicht, er wusste, wohin er wollte. Ich ging um die Ecke zum Esszimmer mit dem Fenster zur Strasse. Das Zimmer war leer. Nichts, wohinter man sich verstecken konnte. Ich ging zurück in den Flur und überprüfte den hinteren Teil des Hauses. Die Küchenschubladen waren geschlossen, die

Arbeitsflächen unberührt. Auch das Wohnzimmer sah aus wie immer. Ich wollte gerade nach oben gehen, als ein Luftzug meine Aufmerksamkeit auf die Schiebetür lenkte. Sie stand offen. Von hier musste sich der Eindringling Zutritt verschafft haben. Aber das hieß nicht, dass er das Haus auch auf dem gleichen Weg wieder verlassen hatte. Es hieß nicht, dass er nicht noch hier sein konnte.

„Sophie!" Ich nahm drei Stufen auf einmal, knallte gegen die Wand, als ich auf dem oberen Treppenabsatz ausrutschte. Stieß mit brachialer Wucht die Tür zu ihrem Zimmer auf. „Sophie?"

Noch bevor ich nachsah ob sie noch im Bett lag, blickte ich zum Fenster. Die Vorhänge waren mit Blut verschmiert, aber es war geschlossen und das Bett ordentlich gemacht, wie sie es am Morgen verlassen hatte. Dann fiel es mir wieder ein: Sie war bei ihrem Freund Ben gegenüber. Eine Geburtstagsparty. Sophie war nicht hier, weil sie nicht hier sein soll. Ich ging in den Flur und schnappte mir das Telefon. Ben`s Mutter war dran.

„Ich wollte bloß Sophie sprechen", keuchte ich. Eine halbe Minute verging, irgendetwas stimmt nicht.

„Papi?"

„Sophie? Was ist los? Bist du noch im Haus?"

„Ja klar, du rufst doch im Haus an."

„Ich komme dich abholen, wenn die Party vorbei ist, okay?"

„Papi, die Party ist dreißig Meter gegenüber!"

„Ich hole dich trotzdem."

„Gut, wenn du unbedingt meinst. Ich leg jetzt auf, okay?"

„Alles klar Sophie. Ich hab dich lieb. Viel Spaß noch."

„Tschüss Papi."

Gott sei Dank. Sophie lebte. Isst Kuchen und albert rum im Keller der Nachbarn. Trotzdem wurde es höchste Zeit Hilfe zu suchen. Sonst würde ich noch auffällig werden. Ich benötigte so schnell wie möglich einen guten Therapeuten.

38. Kapitel

Am nächsten Morgen, nachdem ich Sophie in die Schule gebracht hatte, musste ich mir überlegen, wie ich mit Manfred weiter umgehen sollte. Würde ich seinem Erpressungsversuch nachgeben, bestand die Gefahr, dass er mich weiter erpressen würde. Oder sollte ich den Spieß umdrehen und ihn bei der Polizei anzeigen, aufgrund seiner Erpressung? Egal was ich auch machen sollte, es bestand in beiden möglichen Szenarien die Gefahr einer Veröffentlichung in den Medien. Bei meiner Anzeige bestimmt noch viel mehr, da sich Manfred auch an die Presse wenden würde, wenn die Anzeige ihn abhalten sollte, mich weiter zu erpressen. Wenn meine Leser, Fans, Nachbarn und alle die mich bisher bewunderten, davon erfuhren, wäre ich mit Sicherheit der Betrüger, Scharlatan, Witzfigur und alles schlechthin was man sich vorstellen konnte. Mein Ruf wäre bis zu meinem Ableben auf immer und ewig ruiniert, und Sophie wäre ihr ganzes Leben das Gespött ihrer Mitmenschen. Man würde sie in der Schule hänseln und schikanieren, und das nur wegen ihres Vaters.

Nein, dass konnte es auch nicht sein, das würde ich ihr niemals im Leben antun, so wahr mir Gott oder sonst wer helfen sollten. Ich beschloss nachmittags auf meine Bank in Wangen zu fahren, um zu erfragen, ob ich in den nächsten Stunden über das Geld verfügen konnte. Ich hatte nicht mehr allzu viel Zeit, das „Ultimatum" von Manfred, lief Übermorgen ab, wenn unser nächstes Treffen anstand. Auf meinem Girokonto lagen aktuell 42.000 Euro, weitere 150.000 hatte ich in einem Aktiendepot, dass ich aber unmöglich vorzeitig auflösen würde. Ich wollte deshalb meinen Bänker fragen, ob er mir kurzfristig 60.000 Euro bis zu meiner nächsten Abrechnung geben würde. Den Rest würde ich von meinem Girokonto nehmen, um Manfred die hunderttausend geben zu können. In dem Moment als ich mit meinem Bankberater einen Termin vereinbarte, klingelte es an der Haustür. Ich vereinbarte mit Schmidbauer, meinem Bänker, eine Unterredung für vierzehn Uhr dreißig in der Filiale in Wangen und legte dann hastig auf.

Wer war denn das schon wieder um diese Zeit, am frühen Morgen? Vorwerk, oder Teppichverkäufer die sich seit Tagen in Gruppen um Isny rumtrieben?

Noch schlimmer. Als ich die Tür öffnete, standen diese beiden lästigen Kommissare aus Ravensburg schon wieder auf der Matte, und wollten meine Zeit stehlen. Ich hatte keine Möglichkeit die beiden vorzeitig abzuweisen und bat sie nach einer kurzen Begrüßung zu mir ins Wohnzimmer.

„Was verschafft mir die Ehre Ihres erneuten Besuches", fragte ich höflich, obwohl es natürlich keinerlei Ehre war, wenn man von der Polizei Besuch bekam.

„Wir haben letzte Woche Ihren Talkshow-Auftritt mit großem Interesse verfolgt, als Sie ankündigten, doch ernsthaft über eine Fortsetzung Ihres Romans nachzudenken", stellte die Wintergerst fest, und tat, als wäre das der Hauptgrund ihres Besuches.

„Ich bin noch nicht mal vierzig, da kann ich mich doch unmöglich schon zur Ruhe setzen. Außerdem bat mich mein Verlag darum, dass zu sagen vor so einem großen Publikum."

Die Wahrheit war, dass ich mir darüber überhaupt noch keine Gedanken gemacht hatte, schließlich hatte ich ganz andere Probleme und Sorgen. Aber der Verlagschef meinte, für die Verkaufszahlen wäre es immer förderlich und die Leserschaft hört so was immer gerne.

„Herr Kelly, wir haben uns erlaubt, letzte Woche Ihre Eltern in Biberach zu besuchen."

Ich verschluckte mich fast an meinem Kaugummi. „Was soll das denn jetzt? Was haben meine Eltern mit ihrem Fall zutun? Und was haben Sie Ihnen schönes erzählt? Über meine Kindheit, mein Studium, meine Frau?"

„Tja, von allem etwas," antwortete Kleinheinz, und wartete vergeblich darauf, dass ich den beiden was zum

205

Trinken anbot. Meine Gastfreundlichkeit war jetzt definitiv vorbei.

„Herr Kelly", meinte Kleinheinz, „wir nennen Ihnen jetzt zwei Zeiträume. Sagen Sie uns konkret wo Sie da waren."

Als seine Kollegin, sie sie mir nannte, ging ich ins Büro und holte meinen Terminkalender.

„Also, die eine Nacht von der Sie sprechen, war ich hier und schlief, und an dem anderen Tag war ich tagsüber im Baumarkt und im Eistobel. Warum, was ist an diesen Tagen passiert?"

„In der besagten Nacht, zwischen Mitternacht und dem Morgengrauen, hat sich, angeblich, ein Mann von der Illerbrücke in Kempten gestürzt. Bei dem zweiten Fall, wurde ein Ehepaar in Leutkirch ermordet, auf grausame Art und Weise."

„Und jetzt soll ich wieder dieser furchtbare Killer sein? Und bei diesem Selbstmord soll ich womöglich noch nachgeholfen haben, oder wie?"

„Interessiert es Sie gar nicht, um wen es sich in den beiden Fällen handelte?"

„Na, Sie werden es mir bestimmt gleich sagen."

„Bei dem Selbstmord handelt es sich um ihren „Autoren-Kollegen" Serge Woytek, und bei dem anderen Fall um Ihren ehemaligen Psychiater Dr. Schöllhorn."

Jetzt blieb mir der Kaugummi tatsächlich im Hals stecken, sodass ich mich fast verschluckte, als ich antwortete: „Und Sie glauben, ich habe wieder mit beiden Vorfällen was zutun?"

„Ja, glauben wir. Bei dem Vorfall nachts haben Sie schon mal kein Alibi. Und an dem Tag als das Ehepaar starb, waren Sie bestimmt keine vier Stunden im Baumarkt und Eistobel."

„Wissen Sie, was Sie für ein Problem haben? Sie müssen mir beweisen, dass ich schuldig bin, wobei ich aber nicht beweisen muss, dass ich unschuldig bin. Solange Sie keine Zeugen haben, die mich an diesen Tatorten gesehen haben, kann ich gewesen sein wo ich will."

Das saß. Ich hatte das mal in einem „Wallander-Krimi" gehört.

„Außerdem, warum sollte ich was mit dem Selbstmord zutun haben, glauben Sie, ich habe „Sterbehilfe" geleistet?"

„Wir wissen jetzt, wer alles in dem Schreibzirkel dabei war. Außer Ihnen und einem Manfred Will, ist ja keiner mehr übrig. Und diesen Will konnten wir leider noch nicht ausfindig machen. Er ist vor einigen Monaten ausgezogen und hat sich noch nirgendwo neu angemeldet. Und Dr. Schöllhorn ist Ihnen ja ein Begriff, oder?"

„Ja sicher, ich war bei ihm in Therapie. Das ist ja ein Grund, jemanden gleich umzubringen. Anscheinend nur bei Ihnen. Sie sollten auch einen Krimi schreiben."

„Sparen Sie sich ihre Sprüche Kelly!", sagte Kleinheinz sichtlich erbost. „Sie können zwar ihre Spuren wunderbar beseitigen, aber auch sie werden Fehler machen. Wie lange waren Sie bei Schöllhorn in Behandlung?"

„Ich glaube drei Jahre, mit zahlreichen Unterbrechungen."

„Und wann waren Sie zuletzt bei ihm?"

„Ich weiß es nicht mehr. Es ist bestimmt schon fünf oder sechs Jahre her."

„Hatten Sie jemals Streit mit ihm?"

„Nicht das ich wüsste."

„Herr Kelly", knurrte Kleinheinz wie ein wild gewordener Hund. „Wir haben uns in den letzten Tagen seine Krankenakten der letzten zwanzig Jahre genau angesehen. Da steht auch einiges über Sie. So zum Beispiel, dass Ihnen aufgrund Ihrer Wahnvorstellungen, der Flug – und Bootsführerschein verweigert wurde, den Sie gern gemacht hätten. Ihr Psychiater hat Ihnen Atteste nicht so ausgestellt wie Sie es gern gehabt hätten. Aufgrund dessen haben Sie sich bei ihm gerächt."

„Sie sind ja vollkommen übergeschnappt, deshalb bring ich doch niemand um. Sie sind unfähig den Täter zu ermitteln, deshalb brauchen Sie unbedingt einen Verdächtigen, den Sie auch verhaften und mitnehmen können. Aber Sie sollten endlich klare Beweise auf den Tisch legen, sonst können Sie mich mal! Aber die haben Sie nicht, stimmts?"

„Nein, aber wir haben was anderes."

„Was denn?"

„Einen richterlichen Durchsuchungsbeschluss." Er holte drei Zettel aus seiner Jackentasche. „Hier! In spätestens zwanzig Minuten kommen fünf Kollegen, die werden Ihre Bude hier von unten nach oben durchkämmen."

Ich begann zu zittern, meine Hände wurden schweißnass. Ich war schon immer ein impulsiver Mensch gewesen, weshalb es mir jetzt umso schwerer fiel, Ruhe zu bewahren. Das alles wirkte wie ein böser Traum, etwas das höchstens anderen zustieß. Ein ausgeklügelter Streich, der sich in Gelächter auflösen würde. Aber genau das tat es nicht. Was sollten die ganzen Nachbarn denken, ich war dann das Gesprächsthema der Siedlung.

Wie von Kleinheinz angekündigt, kamen die Herren der Spurensicherung, mit Overalls, Koffern, Plastikhandschuhen und einigen anderen Utensilien. Mir blieb nichts anderes übrig, als sie zu gewähren lassen. Sie begannen in den Kellerräumen, wo sie sich zuerst im Radkeller und meinen Heimwerker – und Vorratsräumen zu schaffen machten. Unvorstellbar, wenn die Presse und die Medien davon Wind bekamen, dann war ich geliefert.

Neunzig Minuten später teilte ich den Kommissaren mit, dass ich Sophie von der Schule holen müsste. Ich hatte per SMS, Alexa zum Baumarkt im Gewerbegebiet bestellt, sie hatte in ihrer Einliegerwohnung von der Durchsuchung mitbekommen. Sie wusste, dass was im „Busch" war, schließlich war sie ja auch schon vor einigen Tagen, zum Verhör vorgeladen worden.

Als ich mit dem Auto bei Sophies Schule vorfuhr, schossen mir alle möglichen Gedanken durch den Kopf, nur nicht der, dass sie heute gar nicht um halb eins Schluss hatte, sondern erst um fünfzehn Uhr. Heute hatte sie ja Musikunterricht um fünfzehn Minuten nach eins, dann blieb sie in der Aula beim Essen. Ich rief Alexa an und sagte ihr, dass sie sich um drei Uhr um Sophie kümmern sollte, und solange in der

Stadt bleiben sollte. Ich erteilte ihr einige Einkaufs-Aufträge, die ich eigentlich gar nicht benötigte, nur das sie beschäftigt war und in der Stadt blieb. Ich selbst beschloss für mich, etwas früher nach Wangen zu fahren, mein Bank-Termin war zwar erst um halb drei, aber besser wie hier nervös Däumchen zu drehen. Ich hatte Glück, dass mich die Bullen bei der Durchsuchung nicht daran hinderten, mein Haus zu ver-lassen. Vor meinem Bank-Termin konnte ich in Wangen noch einen Kaffee trinken gehen, um mein Nervenkostüm zu beruhigen.

Die knapp fünfundzwanzig Kilometer legte ich auf der Landstrasse in knapp zwanzig Minuten zurück, als sich kurz vor Wangen die Sonne durch die dicke Wolkendecke schob. Ich parkte am Edeka-Einkaufscenter kurz vor der Altstadt, holte mir einen Parkschein, und verschlang noch zwei Döner an einer Bude. Dann glaubte ich, meinen Augen nicht zu trauen. Während mir noch die Knoblauchsoße an den Mundwinkeln runterlief, sah ich einen Mann mit einem Rucksack auf einem Mountain-Bike, der auf das Einkaufs-center zuradelte. Hatte ich wieder eine Wahnvorstellung oder war es Manfred? Meine Sehstärke war auf jeden Fall noch in Ordnung, ich erkannte ihn trotz Sonnenbrille und Baseballkappe auf dem kantigen Schädel. Ich stellte mich hinter einen Parkscheinautomaten und beobachtete, was er tat. In zwei Tagen wäre unser nächstes Treffen im „Barfüßer", zwecks der Geldübergabe gewesen. Er erzählte mir, dass er irgendwo in einem Kaff zwischen Leutkirch und Memmingen wohnen würde, das wären aber gut dreißig – bis vierzig Kilometer von Wangen. Wahrscheinlich hatte er mich angelogen, ich bezweifelte, dass er eine Radtour zum

Einkaufen hierher machen würde. Dazu war er viel zu faul und unsportlich. Er sperrte sein Rad an einen Ständer am Eingangsbereich ab, schnappte sich seinen Rucksack und ging hinein.

Ich beschloss, mich auf eine Bank zu setzen, die unweit des Centers lag, wo ich einen Blick auf den Eingang hatte. Nach zehn Minuten kam er wieder heraus. Wenn er was gekauft hatte, musste es jetzt im Rucksack liegen. Ich hatte nur eines nicht bedacht: Sollte er jetzt mit seinem Bike davon radeln, konnte ich die Verfolgung gar nicht aufnehmen. Zum einen war ich ja kein Rekordsprinter, zum anderen verliefen die Radwege ja nicht analog der Strassen, also würde ich ihn auch mit dem Auto aus den Augen verlieren. Er nahm mir aber die Entscheidung ab, er lief, und schob das Rad, als ob er geahnt hätte, dass ich ihm folgen würde. Aber ich war mir sehr sicher, dass er mich bisher nicht entdeckt hatte, er sah sich so gut wie nie um. Ich folgte ihm in einem Abstand von höchstens vierzig Meter. Ich trug auch wie er, eine Kappe und eine Sonnenbrille. Dem Himmel sei Dank, dass die Sonne jetzt ungehindert schien, die Temperaturen lagen bei knapp zehn Grad. Für November noch angenehme, milde Werte. Nach wenigen Minuten hatten wir die Altstadt erreicht. Dort bekam er an der Kirche einen Anruf und blieb stehen. Ich stand an einem Schaufenster eines Fotoladens und spähte aus sicherer Entfernung. Nach zwei Minuten steckte er das Handy weg und lief weiter. Bei einem der zahlreichen Cafes blieb er stehen und suchte sich anscheinend einen Platz im Freien, weil er sich suchend umsah. Aufgrund des guten Wetters hatten fast alles Cafes wieder draußen bestuhlt. Er sah einen kleinen unbesetzten Tisch und setzte sich hin. Anscheinend hatte er mit jemand eine Verabredung. Allzu lange durfte meine Spionagetour nicht mehr dauern, in fünfundzwanzig Minuten hatte ich den Termin bei meinem Bänker. Gott sei Dank, lag die Volksbank nur hundert Meter von dem Tschibo-Stand entfernt, an den ich mich jetzt hinstellte. Hier hatte ich einen guten Blick auf das Cafe, wo Manfred jetzt saß und einen Milchcafe bestellte.

Dann, fünf Minuten später, glaubte ich endgültig den Verstand zu verlieren! Es war, als würde mich aus heiterem Himmel ein Blitzschlag treffen. Eine Weile kam es mir so vor, als würde ich in der Schwärze des Weltraums schweben. Der Boden unter mir war nicht mehr fest, sondern drehte sich langsam wie eine Spirale. Mein Zustand war vorübergehend aus den Fugen geraten, ich musste aufpassen, dass ich an dem Bistrotisch wo ich stand, nicht umkippte.

Eine Frau betrat die Szenerie und ging an seinen Tisch. Sie gaben sich ein Küsschen, dann saß sie ihm gegenüber. Ich konnte genau auf ihren Kopf sehen, trotz Kopftuch und Brille erkannte ich sie sofort. Ich hatte unzählige Orgasmen mit ihr gehabt. Eine Frau die nicht hier sein konnte, weil sie tot war.

Es war Maria!

39. Kapitel

Tatort Haus Kelly

Die beiden Kriminalhauptkommissare Kleinheinz und Wintergerst saßen zusammen im Wohnzimmer von Peter Kelly, und sahen dem Treiben ihrer Kollegen zu. Sie warteten nahezu sehnsüchtig auf Ergebnisse, um den aus ihrer Sicht Hauptverdächtigten Peter Kelly, überführen zu können. Der Leiter des Spurensicherungsteams Bernd Walker, betrat um genau 14.45 Uhr das Wohnzimmer wo die beiden diskutierten und auf die erhoffte Spur warteten.

„Keinerlei Spuren", sagte er ernüchternd. Wir sind mittlerweile am Dachboden angelangt. In zwanzig Minuten sind wir fertig."

Enttäuschung machte sich bei den beiden breit, und sie sahen sich betreten an. „Glaubst du wirklich, dass es nur Kelly sein kann? Vielleicht liegen wir vollkommen auf dem falschen Holzweg, und „der Richtige" springt noch irgendwo da draußen rum", meinte Wintergerst und spielte an ihrem Smartphone."

„In meiner zwanzigjährigen Tätigkeit als Ermittler, war ich mir noch nie so sicher, dass wir am Täter dran sind", brummte Kleinheinz, stand auf und lief nervös im Zimmer umher. „Der Typ ist gestört, aber clever. Leider gibt`s das auch bei Psychopathen. Für die meisten der Unfälle und Morde ist er für mich der Einzige der infrage kommt."

Wenige Minuten später stand Walker wieder vor ihnen, und sah beide fast traurig an. Sie ahnten schon, was er sagen würde.

„Nichts. Absolut nichts. Leider" seufzte er.

„Eine Möglichkeit gibt es noch", meinte Wintergerst und sah ihre Kollegen erwartungsvoll an.

„Welche?", fragten sie fast zeitgleich.

„Der Garten. Sein Grundstück!"

„Du glaubst, er hat vielleicht was vergraben?"

„Möglich wär`s doch, oder? Wäre ja nicht das erste Mal, dass ein Täter die Waffen oder Leichen verscharrt."

„Als „Leiche" käme ja nur Manfred Will infrage, den konnten wir ja immer noch nicht finden. Aber die Mordwaffen könnten schon unter der Erde versteckt sein. Immerhin suchen wir nach Messer, Beil und Schere, die bisher benutzt wurden."

„Und die Schuhe. Immerhin haben wir von zwei Tatorten, Fußabdrücke von ungewöhnlich großen Schuhen entdeckt. Mich irritiert nur eines."

„Was?"

„Wir haben uns seine Schuhe, die draußen im Flur stehen und im Gartenschuppen, genauer angesehen. Er hat zwar große Füße, aber nicht so groß wie wir sie am Tatort gefunden haben. Er hat hier entweder Größe 45 oder 46. An den Tatorten, als wir die Abdrücke hatten, war es immer 48. Sowohl am Grünten, in Jungholz und am Burkwanger See", meinte Walker.

„Er nimmt wahrscheinlich bewusst größere, um uns auf eine andere Spur oder Vermutung zu bringen. Also, dass finde ich jetzt nicht ungewöhnlich. Vielleicht trägt er ja auch Schuhe mit Einlagen, die ihn noch größer erscheinen lassen. Zwei Zeugen die eine große Gestalt wahrnahmen, sagten was von einem Hünen mit mindestens zwei Metern. Er ist zwar groß, aber maximal eins fünfundneunzig", meinte die Wintergerst.

„Okay. Wir sprechen heut noch mit dem Chef", sagte Kleinheinz. „Und fragen ihn, ob wir die nächsten Tagen hier mit einem Bagger anrücken dürfen. Dann graben wir seinen ganzen Garten auf, dass ist in zwei Stunden passiert."

„Gut, wenn du meinst" meinte die Wintergerst und stand auf. „Auf jeden Fall scheint er sich sehr sicher zu sein, dass wir nichts finden."

„Wie kommst du darauf?"

„Na, wenn jemand sein Haus verlässt, um sich um seine Einkäufe und Tochter zu kümmern, und es ihm anscheinend scheißegal ist, was wir hier mit seiner Hütte anstellen, muss er sich doch ziemlich sicher sein, dass wir hinterher dumm aus der Wäsche gucken, wenn wir wieder abrücken."

40. Kapitel

Kein Zweifel. Es war die „tote" Maria, die sich dort mit Manfred traf. Außer, meine Wahnvorstellungen waren in so großem Ausmaße, dass ich wirklich nicht mehr zwischen Realität und Halluzinationen unterscheiden konnte? War die Frau, die mit mir im gleichen Auto saß, beim Unfall am Bodensee, gar nicht Maria? Es musste so sein. Eine Frau, die vielleicht nur die Brieftasche und Papiere von ihr hatte, aber eine ganz andere war. Die Leiche war ja, laut Aussage der Polizei, bis zur Unkenntlichkeit verbrannt. Das Wrack war zwar am Ufer gelegen, aber nicht ins Wasser gestürzt. Auf jeden Fall nahm ich mir vor, morgen noch neue Therapiesitzungen zu vereinbaren, sofern ich überhaupt einen Termin bekam, dass war im Allgäu ein Riesenproblem.

Nicht nur an ihrer Figur und Gesicht erkannte ich Maria. Sie trug auch eine auffällige apricotfarbene Bluse, die sie einmal bei einem Essen anhatte, bevor wir danach in die Sauna und dann zu ihr zum Bumsen gingen. Ich beobachtete, hinter zwei anderen Damen stehend, wie Manfred ihr Bilder oder irgendwas anderes an seinem Smartphone zeigte. Er machte zumindest ständig diese typischen Wischbewegungen. Danach gab sie ihm aus ihrer Tasche ein weißes Kuvert, das er ungesehen in seine Jacke steckte. Ich sah auf die Uhr, es war 14.30 Uhr. Ich rief in der Zentrale der Bank an, und teilte mit, dass ich mich circa dreißig Minuten verspäten würde. Hoffentlich bekam ich dann noch meinen Termin. Aber diese beiden Gestalten hatten jetzt absolute Priorität.

Vorsichtshalber sendete ich Alexa eine SMS, dass sie Sophie nicht vergessen sollte, und ich wahrscheinlich etwas später zurückkam. Zuverlässig wie Alexa immer war, bestätigte sie es mir, keine sechzig Sekunden später. Gut, das ich sie hatte. Zwei älteren Damen fiel ich anscheinend schon auf, die sich zu mir an den Tisch gesellten. Misstrauisch beäugten sie mich, weil ich ständig zu den beiden gegenüber ins Cafe starrte. Hoffentlich erkannten sie mich nicht und wollten ein Autogramm. Dann war es soweit, Manfred winkte der Bedienung und zahlte. Ich warf einen Zehner zu der Dame am Kaffeestand und schlich mich auch davon. Sie liefen durch die historische Altstadt und schienen gut gelaunt zu sein, weil sie ständig lachten. Na ja, das würde ihnen schon noch vergehen. Dann bogen sie am Ende der Zone nach links ab und gingen Richtung Bahnhof. Das stand zumindest auf einem Schild, das ich las, als ich wenige Sekunden später, daran vorbei schlich. Sollten sie wirklich den Bahnhof ansteuern und mit dem Zug weiterfahren, musste ich die Verfolgung abbrechen. Mit dem Zug würde ich auf keinen Fall mitfahren. Je mehr wir uns dem Bahnhof näherten, umso besser musste ich aufpassen, nicht entdeckt zu werden. Fünf Minuten später, sah ich den kleinen hässlichen Bahnhof von Wangen, der wie viele im Allgäu stark modernisierungsbedürftig ist. Vor dem Eingangsbereich standen drei Taxis und davor eine kleine Gruppe von lautstarken Schülern. Beim Blick auf die Uhr bekam ich einen Schreck; 14.50 Uhr! Den Termin mit meinem Bänker konnte ich wohl abhaken, hoffentlich war es das wert, was ich hier machte. Hinter einem Baum stehend, beobachtete ich das weitere Szenario. Ich zog mein Samsung S5 aus der Tasche, und machte drei Aufnahmen, als sie an den Taxis rumstanden. Womöglich konnten mir die Bilder als Beweis dienen, denn die Bullen würden mir bestimmt nicht glauben, wenn ich ihnen von den beiden irgendwann erzählen würde.

Dann verkündete die Lautsprecheransage, den nächsten Zug aus Ulm in sieben Minuten an. Maria holte sich eine Schachtel Zigaretten und steckte sich eine an. Mit drei Minuten Verspätung kam der Zug um eine Minute nach drei Uhr an. Beide liefen rechts um das Bahnhofsgebäude zu den Gleisen. Ich blieb stehen. Sollten sie nicht wiederkommen hatte ich einfach Pech gehabt, aber die Bilder hatte ich zumindest. Aber ich war mir sicher, dass sie wiederkamen und nur jemanden abholten.

Und so war es dann auch. Zwei Minuten später kamen sie diesmal durchs Bahnhofsgebäude wieder zurück. Und dann glaubte ich erneut, an meinem kranken Verstand zweifeln zu müssen. Auch die anderen zwei, die jetzt dabei waren, kannte ich. Mir wurde schwindlig und mein Puls ging bestimmt auf zweihundert hoch.

Ein Mann und eine Frau.

Petra und Serge! Mein Gott, was machst du mit mir? Beide mussten doch tot sein!

Hatte die Polizei mich verarscht? Alle diese Leichen, wo sie mich als Mörder bezichtigten, tauchten hier auf. Jetzt fehlten nur noch die ganzen anderen der letzten Jahre. Ich dachte, dass ich bereits im Jenseits war, und sich das alles fernab der noch lebenden Menschheit hier abspielte.

Vielleicht war es ja doch möglich, dass jemand von den Toten auferstehen konnte? Hier war es zumindest so. Alle vier liefen zu einem Auto, einem weißen Audi A3, der neben den Fahrrädern stand. Serge trug eine große Adidas-Sporttasche und Petra eine kleine Umhängetasche. Vielleicht kamen sie ja eben erst aus dem Urlaub, landeten mit dem Flieger in Stuttgart, und fuhren dann nach Hause. Ob ihre Haut gebräunt war, konnte ich nicht erkennen, beide waren dick vermummt. Als sie alle vier in den Audi stiegen, zog ich erneut mein Samsung und schoss eine Aufnahme. Dann musste ich mich beeilen, wenn ich ihnen noch folgen wollte. Mir blieb nur ein Taxi, dass letzte das mittlerweile dastand.

„Folgen Sie dem weißen Auto", sagte ich hastig zum Fahrer und warf mich auf den Sitz. Der Audi fuhr Stadtauswärts Richtung Ravensburg. Nach vier Kilometern bogen sie rechts von der Landstrasse ab, als ein Schild Richtung „Beutelsau" wies. Sie fuhren die Strasse, die schmaler wurde, ungefähr einen Kilometer, bis zu einem unbeschrankten Bahnübergang, dessen Warnleuchte jetzt rot zu blinken begann, sodass sie stehen bleiben mussten. Mein Taxifahrer fuhr bis auf knapp drei Meter zu ihnen auf. Ich zog meinen Kopf ein, dass sie mich nicht sehen konnten falls sie in den Rückspiegel sahen.

Auf einmal dachte ich, ich bin „im falschen Film", denn der nächste Albtraum begann. Mein Fahrer, ein untersetzter Typ mit großem Schnauzer, legte plötzlich einen Gang ein und fuhr los.

„Hey, was machen Sie denn", sagte ich schockiert und hätte ihm am liebsten eine gescheuert. Er setzte sein Taxi vor den weißen Audi und blieb genau auf den Gleisen stehen!

„Sie verdammte Irrer! Was machen Sie denn?", brüllte ich wie von Sinnen. „Wollen Sie uns umbringen?"

Als das Auto genau auf den Gleisen stand, griff ich blitzschnell zur Türöffnung um hinaus zuspringen.

Verschlossen!

Ich versuchte den Fahrer an seinem Arm zu packen, als ich sah, dass er mit seiner Hand an seine Türschnalle griff. Seine rechte Faust knallte an meine Stirn, während er mit der anderen Hand seine Tür öffnete. Ich bekam ihn nicht zu fassen und spürte nur, wie sein Knöchel bei mir einen stechenden Schmerz verursachte. Dann war er draußen und ich versuchte auf seine Fahrerseite zu klettern. Ich hörte das Ohrenbetäubende Signal des Zuges, der jetzt, ungefähr hundert Meter entfernt das Hindernis auf den Gleisen sah. Ich war auf die Fahrerseite gelangt und riss an der Türschnalle. Verschlossen! Er hatte von außen die Zentral-Verriegelung betätigt. Es waren nur noch Sekunden, denn der Zug war vielleicht noch dreißig Meter entfernt. Ich hörte das infernalische Pfeifen der Räder, weil der Zugführer eine Vollbremsung machte. Verzweifelt stieß ich mit den Füßen gegen die Scheibe um sie zu zerschlagen. Aber es war zu spät! Die letzten Sekunden vor dem Aufprall der Lok dachte ich an Sophie, und an meine geliebte Julia, meine verstorbene Frau, die mich hoffentlich im Jenseits erwarten würde. Schemenhaft sah ich noch die fünf grinsenden Gesichter, die das herannahende Spektakel verfolgten. Meine Panik erlosch, als ich an meine Lieben dachte. Dann gab es einen Knall, vielleicht wie vor Millionen von Jahren. Einen Urknall, der mich in ein tiefes schwarzes Loch katapultierte, aus dem es kein Entrinnen mehr gab.

Gott möge meiner Seele gnädig sein.

41. Kapitel

Bezirkskrankenhaus Kempten. Fachklinik für Psychosomatik, Psychiatrie und Schizophrenie. 28. Dezember 2014

Eine Nacht ohne Aufregung wäre schön, dachte sich Eva Rieder. Alles schien ruhig. Nur ein Neonlicht am Ende des Flurs flackerte. Sie schlürfte bereits ihren vierten Becher Kaffee, um gegen die einsetzende Müdigkeit anzukämpfen. Im Dienstzimmer der Station brannte eine von Weihnachten übrig gebliebene Lichterkette. Der Blick durch das große Fenster in die Finsternis war unverstellt. Schneeregen prasselte gegen das Glas und lieferte leise Zwischentöne zu Abbas Klassiker „I have a Dream". Ihr Gespräch mit Isabelle

Melzer dem schwer traumatisierten zwölfjährigen Mädchen, hatte sie bereits in der Patientenakte dokumentiert. Die Medikamente für den kommenden Morgen waren auf einem Tablett bereitgestellt. Jetzt noch eine Runde durch die Station, und sie konnte sich ein Schläfchen genehmigen. Es herrschte nächtliche, einsame Stille.

Im Gegensatz zu den meisten Kollegen mochte Eva diese Nachtdienste. Meistens konnte sie in Ruhe mit dem einen oder anderen Patienten eine Tasse Tee trinken, zuhören, trösten. Einfach Zeit haben. Da machte sie ihr eigenes Ding. Tagsüber standen alle immer unter Strom, hetzten von Termin zu Termin und machten sich gegenseitig das Leben schwer. Ihr sechzigster Geburtstag stand vor der Tür und sie hatte sich vorgenommen, sich höchstens noch von ihren Enkeln aus der Ruhe bringen zu lassen.

Aus den Augenwinkeln nahm sie eine Bewegung auf dem Flur wahr. Sie erkannte Peter Kelly. Er war vor knapp drei Wochen hier eingeliefert worden. Eigentlich ein ganz ansehnlicher Mann von über eins neunzig, dunkler Typ, sportliche Figur. Aber er litt unter Wahnvorstellungen, schon seit vielen Jahren. Und als er in der Nähe des Weihnachtsmarktes von Bad Hindelang, einen Mann mit einem Knüppel erschlagen wollte, der seine entlaufene Tochter fand und zur Polizei bringen wollte, wurde er von einigen Passanten überwältigt, die dem Mann zur Seite standen. Immer wieder sprach er beim Verhör, von einem „schrecklichen Mann" der „schreckliche Dinge" tat, und auch seiner Tochter zu Leibe rücken wollte. Aber dieser Mann war er selbst. Jammerschade um diesen Mann, der vor einigen Monaten noch einen Buch-Bestseller landen konnte, der alle Verkaufsrekorde sprengte. Von Interview zu Interview, von Talkshow zu Talkshow, von Lesung zu Lesung wurde er geschleift und gejagt. Sogar Magazinen wie dem Spiegel und Focus war er einen großen Artikel wert. Ein Mann mit zwei Gesichtern und Seelen, in einem steckte ein Monster, dass er nicht mehr unter Kontrolle hatte.

Noch schlimmer war es für seine achtjährige Tochter Sophie, die zu den Großeltern in Biberach gebracht wurde.

Sie lächelte ihn an. Kelly huschte mit einem Arm voller Handtücher über den Gang. Er kam aus der Dusche. Komisch, sie hatte das Wasser gar nicht rauschen hören. Jede Nacht das gleiche Spiel; Kelly wusch sich stundenlang. Tagsüber schrubbte er sich rund hundert Mal die Hände. Und nachts benutzte er das Bad auf dem Flur, um seinen Bettennachbarn nicht zu stören. Er hatte es geschafft, sich an ihr vorbei zu schleichen.

Sie schaute auf die Uhr, Zeit für einen Rundgang.

Sie raffte sich auf und stellte ihren Becher in die Spüle. Kelly tat ihr leid, er versuchte sich den Ekel von seinem Körper zu waschen. Er hatte sein Leben nicht mehr im Griff gehabt und auch vor Mord nicht zurückgeschreckt. Wie sie gehört hatte, stand er in Verdacht, mehr als sieben Leute getötet zu haben. Unvorstellbar, wenn man sich mit ihm unterhielt, wirkte er sogar sehr sympathisch. Aber der Tod seiner geliebten Frau, in der Zeit wo die Tochter noch nicht einmal ein Jahr war, musste seiner angeschlagenen Psyche den Rest gegeben haben. Sogar umbringen wollte er sich vor sechs Wochen an einem unbeschrankten Bahnübergang bei Wangen, als er sein Auto auf die Gleise stellte. Nur dem aufmerksamen Lokführer war es zu verdanken, dass der Zug zwei Meter vor Kellys Auto, nach einer Notbremsung zum Stillstand kam. Als ihn die Polizei später verhörte, sagte er den Beamten, dass er jemanden verfolgt hätte, der ihn erpressen wollte. Die arme Sau, dachte sie und zog die Tür des Dienstzimmers hinter sich zu.

Sie hielt sich rechts, den Gang entlang, zuerst die hinteren Zimmer. Vorsichtig öffnete sie die Tür zu Zimmer Nr.70 und hörte die beiden jungen Frauen, Isabelle und ihre Betten-nachbarin Ursula Wolter, leise schnarchen.

Ein Nachtlicht brannte.

In den nächsten Zimmern war ebenfalls alles ruhig. In Zimmer 67 schlief Anna Leeb, die gerade einen amüsanten Liebeswahn auf den jungen Assistenzarzt der Station entwickelt hatte. Eva musste unwillkürlich grinsen. Dr. Pfefferle hingegen konnte über die delikaten Liebesbriefe nicht mehr lachen, fast alle wurden ohne Kuvert am Empfang abgegeben, damit es viele lesen konnten.

Nun das Zimmer des charmanten Norbert Graf und Peter Kelly. Sollte sie reinschauen? Kelly war sicher wach, dann müsste sie ihn zurechtweisen. Und was sollte das bringen? Lieber gleich ins Zimmer der anderen. Dank des neuen Studienmedikaments schliefen sie in letzter Zeit ruhig die Nächte durch.

Alles war still und friedlich, nur in einem Patienten brodelte es.

42. Kapitel

Ich hörte diese dämliche Kuh Eva, die immer am Zimmer vorbeischlich und überlegte, ob sie bei uns reinschauen sollte. Seit ich mir das mit dem Waschzwang „angelegt" hatte, nahmen es alle normal zur Kenntnis, wenn ich nachts die Flure in der Klinik umher schlich. Nur hatte ich überhaupt keinen Waschzwang. Das war nur Teil eines cleveren Plans, wie ich hier am besten fliehen konnte. Nachts war es hier nämlich ruhig und einsam auf den Gängen. Da konnte ich viel besser schnüffeln ohne aufzufallen. Einen Tag nachdem ich Sophie auf dem Weihnachtsmarkt vor dem „schrecklichen Mann" gerettet hatte, wurde ich hier in diese Klinik eingeliefert. Ich würde eine Gefahr für mich, meine Tochter und die Allgemeinheit darstellen, meinte der Polizeipsychologe nach einem zweistündigen Verhör. Nur, wenn ich nicht gewesen wäre, wie würde es dann Sophie heute gehen? Sie wäre wahrscheinlich auch entführt oder womöglich getötet worden. Aber das wollte die Polizei nicht hören, sie führten alles auf Wahnvorstellungen bei mir zurück. Außerdem legten sie mir ein Dutzend Morde zur Last, die ich angeblich begangen haben sollte, obwohl keine klaren Beweise vorhanden waren. Der richtige Täter sprang bestimmt noch draußen rum, und diese Idioten sperrten mich hier ein.

Und was machten sie mit Sophie?

Sie kam zu meinen Eltern nach Biberach. Ausgerechnet zu

denen. Meine Mutter tickte schon während meiner Kindheit nicht ganz richtig, und mein cholerischer Vater hatte mich als Kind häufig brutal geschlagen, während meine dämliche Mutter nur wegsah. Unvorstellbar, wenn er Sophie was antun sollte. Ich musste, so schnell es ging, meine geliebte Tochter aus den Fängen dieser Barbaren befreien. Sonst bekam Sophie die gleiche beschissene Kindheit wie ich.

Bei den tagtäglichen Therapiesitzungen stellte ich mich noch viel dämlicher an, als ich tatsächlich war. Diese Therapeuten hier, wollten ja unbedingt bescheuerte und beschränkte Leute sehen. Sollten sie haben das Schauspiel. Wenn ich schon ein schlechter einfallsloser Autor war, so würde ich jetzt ein exzellenter Schauspieler sein. Es war nur eine Frage der Zeit bis ich hier wieder weg war. Und dann würde ich mich an all denen rächen, die mir das eingebrockt hatten. Auch Maria, Serge und die beiden anderen vom Zirkel, die mich auf den Bahnübergang gelockt hatten, waren fällig. Ich würde den Spieß umdrehen, wenn ich hier draußen war. Sie hatten mir sogar noch gedroht meine Tochter zu entführen, falls ich bis zum Jahresende nicht eine halbe Million zahlen sollte.

Und das Unfassbare: Mein Honorar lief jetzt auf das Konto meiner Eltern, weil sie meine einzigen Verwandten waren und jetzt Sophie hatten.

Aber nicht mit mir!

Das einzig Positive hier war für mich, dass ich die Eingebung hatte, für ein neues Buch! Ich hatte beschlossen, dass es nicht nur bei dem einen bleiben sollte. Was hier alles passierte und sie mit mir machten, sollte auch die Öffentlichkeit erfahren. Ich wusste nicht, ob ich meinen Zimmernachbarn Norbert in meine Fluchtpläne einweihen sollte. Er erschien mir stark „neben der Spur", onanierte ständig wenn ihm langweilig war, und erzählte mir nur Irrsinnsgeschichten, wo sich mir der Magen umdrehte.

Nein, dass war zu riskant. Ich musste auf eigene Faust hier fliehen. In einer der nächsten Nächte würde ich der vertrauenswürdigen Eva eins überbraten und wie ich den Pförtner austricksen konnte, hatte ich mir auch schon genau überlegt. Es musste klappen, schließlich hatte ich viel vor. Ich durfte keinen Fehler machen, ein zweiter Versuch war bestimmt nicht mehr möglich, da würden sie mich bestimmt viel stärker überwachen.

Ich ging wieder zum duschen, das neunte Mal in dieser Nacht. Und wieder lief mir Eva über den Weg, aber nicht mehr lange, dann wäre Schluss mit ihrem dämlichen Grinsen. Nach dem Duschen ging ich wieder aufs Zimmer. Während Norbert schnarchte, machte ich mir meine Notizen. Mein neues Buch hatte schon siebzig Seiten, schließlich sollen sie ja bald den Rest der Geschichte erfahren!

EPILOG

Februar 2015. Biberach, Sophies neue Heimat.

Mein Name ist Sophie. Sophie Kelly. Ich bin vor zwei Wochen, neun Jahre alt geworden. Mit acht Jahren hatte ich es zum ersten Mal geschafft, in alle großen Tageszeitungen zu kommen, sogar in die renommierten Nachrichten-Magazine Spiegel und Focus. Sogar bis in die internationale Presse. Zuerst gab es nur Bilder von meinem Vater, später tauchten auch Bilder von mir auf. Ich kann es mir nur so erklären, dass Paparazzi mich auch dem Weg zur Schule heimlich fotografierten, oder dass meine Großeltern solche Bilder verkauft hatten. Mein Vater hätte das niemals getan, aber meinen Großeltern traue ich alles zu. Auch schlechte Dinge und alles was mir schadet.

Ab da war ich auch im Fernsehen und in Zeitschriften zu sehen, und in immer mehr Zeitungen, stets mit den gleichen Bildern.

Ich wollte das bestimmt nicht, ich habe versucht, das zu verhindern. Aber ich konnte das alles nicht mehr aufhalten. Mein Vater ist inzwischen eine Berühmtheit, aber nicht weil er einen weltweit erfolgreichen Roman geschrieben hat, sondern weil er als psychisch kranker Serienmörder verurteilt wurde.

Mein Papa, tja, der hat es auch in alle großen Nachrichten-sendungen geschafft. Und in dutzende von Zeitschriften auf die Titelseite. Von ihm gab es auch mehr Fotos als von mir, schließlich war er derjenige, der verhaftet wurde.

Ich war nur in seiner Nähe und habe verzweifelt versucht, die Polizei davon abzuhalten, als sie auftauchte, um ihm Handschellen anzulegen. Ich konnte es einfach nicht verhindern. Ich hatte Tränen in den Augen, als eine weibliche Polizistin auf mich einredete und mich von ihm fortzog.

Als sie ihm dann die Handschellen angelegt hatten, zerrten sie ihn gewaltsam in ein Auto, und brachten ihn zur Kriminalpolizei nach Ravensburg. Nach einem kurzen Ver-hör, wurde er am nächsten Tag in das Bezirkskrankenhaus nach Kempten gebracht.

Das war das letzte Mal, dass ich ihn lebend sah.

Als ich gegen meinen Willen nach Biberach zu meinen Großeltern gebracht wurde, hatte man mir das Besuchsrecht verweigert, auch im Beisein von ihnen. Ich glaube aber, meine Großeltern wollten nicht, dass ich ihn sehe und versuchten alles möglich, damit ich nicht mit ihm zusammenkam.

Ich liebe ihn immer noch, obwohl sich herausstellte, dass er im Grunde nie der Mann gewesen ist, für den ihn immer alle gehalten haben. Papi wurde verhaftet, weil er Dinge sah, die es gar nicht gab. Wahnvorstellungen nennt man so etwas. Paranoide Schizophrenie heißt das, ein Begriff der mir bis vor einigen Monaten noch fremd war.

Und das schlimme daran war: Auch ich wurde den Ärzten und Psychiatern als „Studienobjekt" überlassen. Sie hatten großes Interesse an mir. So wie fast jeder. Schließlich war mein Vater ein geisteskranker Mörder. Obwohl, was ich mitbekommen hatte, kein einziger handfester Beweis bei diesen angeblichen Morden gefunden wurde, die ihn hätten überführen können. Trotzdem wurde er zur lebenslanger Unterbringung in einer psychiatrischen Einrichtung verurteilt, da alle in ihm den Mörder sahen.

Aber das war bestimmt ein Irrtum.

Er war ein Familienmensch und hätte alles für mich getan, bestimmt auch für meine Mutter, die starb, als ich knapp zehn Monate alt war. Ich kannte sie nur von Erzählungen und Bildern, die er mir häufig gezeigt hatte. Immer wieder kamen ihm dabei die Tränen, es muss eine sehr große Liebe gewesen sein. Das Monster in seinem Innern ist nie zu uns nach Hause gekommen, es blieb draußen im Dunklen verborgen.

Wenn Papi wirklich dieser Mörder war, für den ihn jetzt alle halten, außer mir, dann hat er sich mit dem Monster nachts im Dunkeln getroffen. Zu den Eltern meiner verstorbenen Mami hatten wir kaum einen Bezug, sie gaben meinem Papi auch die Schuld an ihrem Tod, obwohl sie an Krebs gestorben war. Wie bitte hätte er den teuflischen Krebs besiegen können?

Deshalb bin ich jetzt bei meinen Großeltern in Biberach gelandet, ansonsten hätte man mich in ein Heim gesteckt.

Aber hier geht der Schrecken weiter!

Mein Opa ist pervers und will immer mit mir baden und spielen. Aber was für Spiele. Kein Monopoly, Puzzle oder Kartenspiele, sondern Doktorspiele!

Sie lesen richtig. Oder wie würden sie es bezeichnen, wenn der eigene Großvater mit mir in die Badewanne will, damit ich an seinem hässlichen Penis spielen soll? Damit ich sehe, wie „er groß und stark" wird, wie er sagt. Das sollte ich schließlich wissen, wenn ich auch mal einen Freund hätte, was mich da so alles „erwartet".

Als ich das meiner Großmutter erzählte, meinte sie nur, dass wäre nicht so schlimm, dann würde ich das andere Geschlecht besser kennenlernen.

Ist das normal? Ich lese seit meinem dritten Lebensjahr sehr viel und ich bin sehr intelligent. Ich weiß sehr wohl, was „normal" ist, und was nicht.

Meine Intelligenz hat aber auch Nachteile die mir schaden können. Ich bin jetzt in der dritten Klasse ständig die Klassenbeste, was zur Folge hat, dass ich immer als Streber von meinen Mitschülern bezeichnet werde. Das wäre aber noch das harmloseste, denn viel schlimmer ist, dass ich angepöbelt und gehänselt werde, wegen meinem Vater.

Ich werde als Mördertochter beschimpft und ständig gefragt, wann denn das Monster in mir ausbricht. Sie können sich vorstellen, dass jeder Schultag für mich ein Horror ist, deshalb hab ich meine Lehrerin gefragt, ob ich nicht an eine andere Schule gehen könnte, weg von Biberach, vielleicht nach Ulm. Aber woher soll ich wissen, ob es dort besser ist? Vielleicht erwartet mich dort das gleiche, wenn die Mitschüler erfahren wer ich bin?

Die einzige Möglichkeit wäre, wenn ich einen anderen Namen annehmen könnte, aber das haben meine Großeltern bisher abgelehnt. Warum kann ich nicht nachvollziehen, aber das kann ich bei ihnen vieles nicht.

Um es ganz ehrlich zu sagen, mittlerweile hasse ich meinen Opa und Oma sogar! Und ich weiß, dass ich auf keinen Fall bis zu meinem achtzehnten Lebensjahr bei ihnen bleiben werde. Vorher werde ich fliehen.

Sollte ich volljährig sein, und den Namen „Kelly" noch tragen, werde ich ihn auch sofort ändern, falls man mir es nicht früher ermöglichen sollte.

Und eines kann ich Ihnen auch versprechen: Sollte mein Opa nochmals sein ekelhaftes Stück Fleisch aus seiner Hose holen, damit ich damit „spielen" soll, werde ich gewappnet sein. Ich werde dann ein Messer parat haben und ihm damit in sein ekelhaftes Teil stechen oder abschneiden, damit er es möglichst verliert, und damit keinen Schaden mehr anrichten kann.

Ab nächster Woche, will mich regelmäßig eine Therapeutin aufsuchen, um mit mir Gespräche zuführen. Was das für Gespräche sind, weiß ich noch nicht. Ich glaube, dass diese Leute, die das veranlasst haben, Angst haben, ich könnte genauso werden wie mein Vater. Also ein geisteskranker Mensch, der eventuell auch für andere gefährlich werden könnte.

Vielleicht liegen sie damit aber auch gar nicht so falsch. Eines habe ich nämlich beschlossen, ich werde es mir nicht gefallen lassen, wenn mir jemand Böses tut. Ich werde lernen, wie man sich am besten wehren kann, auch körperlich, nicht nur verbal. Ich werde mich bewaffnen.

Einige Leute glauben, dass das was mein Vater getan hat, genetisch vererbt wird. Diese Leute glauben, es wäre mein Schicksal, ebenfalls so zu Enden wie mein Papi.

Aber sie werden sich täuschen.

Aus meinen Büchern weiß ich, dass dies nur bei einem kleinen Teil der Menschen so kommt.

Mein Ziel die nächsten Jahre wird es sein, die wahre Geschichte über mich und meinen Vater an die Öffentlichkeit zubringen. Deshalb schreibe ich viel, um das alles zu gegebener Zeit den Leuten zuzeigen. Wenn ich älter bin, und die Leute mich auch ernst nehmen, werden ich es allen vorlegen.

Es wird noch ein, oder zwei, vielleicht auch noch drei Jahre dauern, aber die Wahrheit wird ans Licht kommen, dass verspreche ich bei meinem Leben.

Ehrenwort.

Und wenn ich es allein nicht schaffe, weiß ich auch bereits wen ich um Hilfe bitten kann.

Vom gleichen Autor sind bisher erschienen:

SPURLOS (2014)
HÖLLENTRIP NACH PRAG (2014)

Geplant für 2015/16:

MEIN VATER, DIE BESTIE UND ICH

DIE VOYEURIN - A DANGEROUS LADY

DIE AKTE KALINKA – „Le Scandale"

Danksagung:

An alle die mich dazu ermutigt haben, diesen Roman zu schreiben.